중학교 1학년

중·학·교 1·학·년

초판 1쇄 발행 | 2004년 11월 20일
　　20쇄 발행 | 2024년　1월 19일
지은이 | 수지 모건스턴
옮긴이 | 이정임
펴낸이 | 최윤정
펴낸곳 | 바람의 아이들
등록 | 2003년 7월 11일(제312-2003-38호)
주소 | 03035 서울시 종로구 필운대로 116 신우빌딩 501호
전화 | (02)3142-0495　팩스 | (02)3142-0494
이메일 | barambooks@daum.net
ISBN 978-89-90878-12-0 43810
　　　978-89-90878-04-5(세트)

La sixième
by Susie Morgenstern
Copyright ⓒ 1984 l'école des loisirs
All rights reserved.
Korean Translation Copyright ⓒ 2004 by Baram books.
This Korean translation edition is published by arrangement with l'école des loisirs.

중학교 1학년

수지 모건스턴 지음 · 이정임 옮김

바람의아이들

늘 자기 생활을
미주알고주알 얘기해 주는
내 딸 마야에게

1

마르고는 편지를 일흔 번도 더 읽었다. 하도 접었다 펴서 이제
는 편지가 다 나달나달해질 지경이 되었다. 멜로 씨 부부 앞으로
부쳐진 편지를 오히려 마르고가 달달 외웠다. 시간마다 들락거리
는 시계 속 뻐꾸기처럼, 마르고는 한 시간 간격으로 그 통지서를
꺼내서 닳고 닳도록 읽고 또 읽었다.

학부모님께
귀하의 자녀가 영어, 독어, 러시아 어를 제 1외국어로 하는 그랑
펭 파크 중학교에 입학하게 되었음을 알려 드리는 바입니다.

"마치 세상에 중학생은 너뿐인 것 같구나!"

안느 언니가 핀잔을 주었다.

하지만 마르고한테 이 통지서는 독립 선언문이자 평화 조인서였다. 이제 초등학교 선생님들로부터 받던 그 숱한 수모와 질책과 협박에 작별을 고하고, 드디어 중학생이 되는 것이다. 무엇보다도 안도감에 기분이 날아갈 것 같았다. 지난 1년 동안 줄곧 착실한 모범생이었으면서도, 마르고는 중학교를 못 갈지도 모른다는 끔찍한 두려움 속에서 살았다. 6학년 담임 선생님은 시도 때도 없이 아이들에게 겁을 주었다.

"너희들, 정신 똑바로 차리지 않으면 중학교 못 가!"

마르고는 생각했다.

'아마 선생님은 좀 더 분발하라고 우리한테 그렇게 겁을 주셨을 거야. 봐, 결국 선생님이 그러신 덕분에 중학교에 가게 되었잖아.'

입학 통지서가 그 증거였다.

"아무리 바보 멍청이라도 중학교는 다 가!"

언니가 한 마디로 일축했다.

아울러 성적이 우수하며 외국어 습득을 희망하는 학생들은 중학교 1학년 때 비교적 난이도가 높은 언어(독어나 러시아 어)를 선택하는 것이 보다 유리하다는 점을 유념해 주시기 바랍니다. 독어와 러시아 어 반은 당분간 제한된 인원에 한해서 신청을 받습니다.

마르고는 맘 같아서는 이 대목을 슬쩍 지워 버리고 싶었다. 생각할수록 난감했다. 그렇다면 영어는 독어나 러시아 어 같은 괴물과 맞서 싸울 용기가 없는 겁쟁이들이나 바보들만 배우는 쉬운 말로 제쳐 놓았다는 소리가 아닌가. 그렇지만 마르고는 '엘비스 프레슬리'나 '비틀즈'의 노래며 미국의 로큰롤 가사들을 꼭 알고 싶었다. 엄마도 딸이 여성 과학자가 되었으면 하는 꿈에 마냥 부풀어, 영어 공부를 하라고 부추겼다.

"영어를 읽을 줄 알아야만 컴퓨터, 기술, 과학 분야를 제대로 이해할 수 있어."

아빠는 고개를 설레설레 흔들고 어깨를 으쓱거리며 몇 마디 웅얼거리곤 말았다.

"어련하시겠어! 셰익스피어쯤이야 식은 죽 먹기지!"

"좋은 반에 들어가고 싶으면 독어를 해야 해. 아니면 러시아 어를 하든지."

안느 언니가 충고했다.

하지만 마르고는 독어는 소리가 싫었고, 러시아 어는 러시아 사람들을 하나도 몰라서 곤란했다. 이탈리아 어만 있었다면 옳다

9

구나 하고 택했을 텐데…… 그랑 펭 파크 중학교에서는 이탈리아 어를 제1외국어에서 제외시켰다. 새로운 언어를 배우는 일이 마르고한테는 넘지 못할 산처럼 까마득하기만 했다. 안 그래도 사는 게 온통 고민거리투성이인데 고민거리를 하나 더 떠안게 된 셈이었다.

아래의 사항들을 <u>반드시 지켜 주시기 바랍니다.</u> (이렇게 친절하게 밑줄까지 쳐 놓은 것만 보아도, 확실히 정중한 편지는 뭐가 달라도 다르다고 마르고는 생각했다.)

1. 빠른 시일 내에 아래의 주소로 자녀의 예방 접종 기록을 우송해 주십시오.

하나도 문제될 것이 없는 지극히 간단한 요구 사항이었지만 멜로 씨네한테는 그다지 간단한 문제가 아니었다. 학교에서 신체검사를 받을 때마다 친구들은 모두 예방 접종 수첩을 가지고 왔지만, 마르고는 자기는 왜 그런 규격에 맞는 번듯한 수첩이 없을까 하는 의문을 한 번도 품어 본 적이 없었다. 사실 엄마한테 예방 접종 증명서를 달라고 할 때마다, 엄마가 이상한 행동을 보인다는 것은 진작부터 알고 있었다.

"알았어, 알았어. 걱정 마. 금방 찾을게. 내가 다 알아서 한다니까!"

그러곤 멜로 부인은 서랍장의 서랍이란 서랍을 모두 열어젖혔
다. 팬티와 브래지어들을 땅바닥에, 양말짝과 스타킹들을 침대
에, 속옷들을 의자 위에, 스웨터들을 되는대로 아무 데나 획획 던
지면서 정신 없이 서랍 속을 들쑤신 끝에, 마침내 나달나달해진
봉투 속에 들어 있는 문제의 증명서들을 손에 넣을 수 있었다. 멜
로 부인은 딸이 태어났을 때부터 번듯한 예방 접종 수첩을 하나
장만해야겠다고 벼르고 별렀건만, 이 일에 밀리고 저 일에 치이
고 그 밖에도 수천 가지 일에 쫓기다 보니 끝내는 수첩을 마련하
지 못했던 것이다.

11년 동안 수첩을 마련할 짬을 잠시도 내지 못했던 탓에, 이제
아주 곤혹스러운 공무를 떠맡게 되었다. "복사를 해야지." 멜로
부인은 마음을 단단히 먹고, 백일해와 소아마비, 파상풍과 디프
테리아 기록들을 이리저리 뒤적였다. 모두 열세 장을 복사해야
했다.

솔직히 말해서 마르고 엄마는 그다지 정리형 인간은 못 되었다.
엄마는 중요한 서류들과 약속들은 죄다 잃어버리거나 까먹기 일
쑤였다. 하지만 마르고를 가장 곤혹스럽게 하는 것은, 하나도 듣
고 있지 않으면서도 짐짓 듣는 척하는 엄마의 그 태도였다. 엄마
한테 똑같은 이야기를 세 번씩 반복해야 하거나 짜증스럽게 일러

쥐야만 할 때가 한두 번이 아니었다.

"벌써 몇 번씩이나 말했잖아!"

그래서 멜로 부인은 생각을 바꿨다.

"아예 이 기회에 건강 기록부를 신청해서 거기에다가 예방 접종 기록들을 모두 옮겨 놓아야겠다."

이튿날 날씨도 화창한 수요일 아침, 멜로 부인은 일찌감치 시립 방역청으로 갔다. 입구에 붙은 안내문 한 장이 달랑 멜로 부인을 맞아 주었다.

'민원 업무 시간, 화요일 오전 10시에서 12시.'

그나마 다행이었다. 예방 접종 증명서들을 몽땅 집에 두고 왔으니 말이다.

멜로 부인은 증명서들을 복사할지 아니면 다음 주 화요일까지 기다렸다가 건강 기록부를 발급 받을지를 놓고 이틀 동안 고민했다. 결국 복사를 하기로 결정했다. 마르고는 이제는 살았구나 싶었다. 하마터면 며칠이 더 걸렸을지도 모를 일이었기 때문이다. 마르고는 예방 접종 증명서가 없어서 중학교 입학을 못 하게 될까 봐 거의 초주검이 되어 있었다. 하지만 첫 고비는 그럭저럭 무사히 넘겼다.

2. 9월 2일 오전 10시부터 그랑 펭 파크 중학교에서 통지표를 배

부하오니 직접 나오셔서 받아 가시기 바랍니다. 통지표는 자세히 읽고 되도록 상세히 기록해 주십시오. 5쪽의 서류를 빠짐없이 정성껏 작성해 주시기 바랍니다(서명 및 사진 첨부). 입학 당일 학부모님들께서는 교실에 들어가실 수 없습니다. 정확하게 기입된 정식 서류를 갖춘 학생들만 입실할 수 있습니다.

마르고는 시골 휴가를 다녀온 그 날로 당장 이 일을 실행하기로 마음먹었다. 굳이 다음 날까지 기다릴 이유가 조금도 없었다. 여름 내내 벼르고 벼르던 계획이 아니던가. 마르고는 여행 가방을 내려놓자마자 곧바로 집을 나섰다.

"잠깐! 돈 가지고 가니?"

멜로 부인이 소리쳤다.

"돈? 아니. 왜?"

"통지표는 따로 돈을 내야 할걸."

마르고는 통지표의 가격을 알아 내기 위해서 즉각 식구들에게 설문 조사를 실시했다.

"3프랑!"

며칠 지내러 집에 와 있던 이모가 잘라 말했다.

"5프랑!"

사촌이 일러 주었다.

"8프랑 가져가 봐!"

언니가 제안했다.

"10프랑에서 15프랑 정도?"

아빠가 어림잡아 말했다.

엄마는 만일을 생각해서 여유 있게 20프랑을 쥐어 주었다. 마르고는 한 시간 후에 되돌아왔다. 정확하게 학교 창구 앞에서 줄을 서고 집과 학교를 오가느라고 걸린 한 시간이었다.

"35프랑이야. 15프랑만 더 줘!"

마르고가 숨을 헐떡이며 사정했다.

"이미 늦었어. 5시면 서무실이 문을 닫는단 말이야."

"뛰어가면 되잖아!"

마르고가 몸이 바짝 달아 졸랐다.

"내일 가!"

엄마가 꼬장꼬장하게 결론을 내렸다.

그 날 밤 마르고는 통지표를 수중에 넣지 못한 실망감을 끌어안고 잠을 자야 했다. 그렇지만…… 적어도 통지표 값은 알았다.

입학식은 9월 7일 화요일 오후 1시 50분에 거행될 예정입니다.

마르고는 오로지 운명의 7일 화요일 오후 1시 50분만 기다리며 살았다. 가족들의 검열을 받기 위해, 마르고가 자랑스럽게 통지표를 내보였다.

"이게 35프랑씩이나 하다니! 해도 너무 했다!"

이모가 씩씩거렸다.

"양심도 없다."

사촌이 거들었다.

"난 처음엔 농담인 줄 알았어."

엄마가 털어놓았다.

"기타 잡비도 좀 포함되었을걸."

언니가 넘겨짚었다.

그만한 값이면 뭔가가 달라도 한참 다르겠거니 하는 생각에서 아빠가 통지표를 요모조모 뜯어보았다. 어깨를 한번 으쓱하고는 더 이상 말이 없었다.

하지만 마르고한테는 인생이 걸린 문제였다. 마르고는 통지표를 귀한 손님을 모시듯 조심스레 방에다 갖다 놓은 뒤, 온종일 방에서 두문불출했다. 우선 책상을 정리하고 나서 스펀지로 책상 위를 박박 닦아 낸 다음, 세제까지 뿌려 가며 반짝반짝 윤을 냈다. 책상이 마를 동안, 서랍장과 옷장, 머리맡 탁자와 책꽂이를 정돈했다. 장난감이며 책, 액세서리와 옷 몇 가지는 쓰레기통에 던져 버렸다. 새 인생을 맞기에는 좀 유치해 보이는 것들 같았기 때문이다.

역사상 유례가 없는 청결하고 정돈된 방에서, 마르고는 통지표를 작성하기 시작했다. 부디 자기의 통지표가 오점 한 점 없어서 이 불완전한 세상에 완벽한 모범이 되기를 바랐다.

아빠한테 통지표를 건네 주면서, 제발 여느 때처럼 아무렇게나 휘갈기지 말고 되도록 또박또박 서명해 달라고 사정했다. 엄마한테도 정성껏 해 달라고 부탁했다. 두 사람은 딸의 진지한 태도에 바짝 얼어서 최선을 다해 서명했다.

통지표에 부쳐야 할 사진이 여섯 장인데, 사진이 두 장뿐이었다. 게다가 마르고는 그 사진들이 당장 필요했다. 엄마 아빠가 내일까지 기다렸다가 사진을 찍으라고 할까 봐 애가 탔다. 하지만 엄마는 이따금 사태의 긴박함을 정확하게 간파하곤 했다. 막내의 절박한 심정을 단박에 알아차린 엄마는 지하철역에 있는 즉석 사진 촬영 부스로 마르고를 데리고 갔다.

맙소사, 개학 전 속성 사진을 찍으려는 희망자들은 마르고뿐만이 아니었다. 부근에 즉석 사진을 찍을 수 있는 곳이 달리 또 있는 것도 아니라서, 모녀는 기다랗게 늘어선 줄의 맨 끝에 가서 설 수밖에 없었다.

40여 분을 기다린 끝에 간신히 컬러 사진 촬영 부스로 들어갔다. 마르고는 시커먼 유리판 앞에서 몇 번이나 자세를 고쳤다. 그럴수록 미소는 더욱더 어색하고 딱딱하게 굳어져서, 나중엔 턱뼈가 다 뻐근할 지경이었다.

아무러면 어때! 어쨌든 사진은 부쳐야 할 곳에 빠짐없이 부쳤다. 이제는 입학식에 입고 갈 의상을 결정하는 일만 남았다. 마르고는 가장 우아한 원피스로 한껏 멋을 내어 이 뜻 깊은 날을 기념하고 싶었다. 옷을 갈아입고 언니 방에 있는 큰 거울 앞에 서 보았다. 중학교 1학년에 관한 한 누구보다 빠삭하다고 자처하는 (중학교 1학년을 거쳤으므로) 언니가 한심하다는 듯 마르고를 쳐다보았다.

"못 말려, 정말. 설마 너, 그렇게 촌스럽게 모델처럼 차려 입고 입학식에 갈 생각은 아니겠지!"

"그럼 뭘 입고 가?"

"그냥 청바지면 돼!"

안느 언니가 퉁명스레 대꾸했다.

"그럼 멜빵 달린 청치마를 입고 가지 뭐."

"치마는 안 된다니까! 치마 입고 다니는 중딩이 어디 있다고 그래. 청바지로 정해. 그게 가장 무난해!"

정말 그렇다면 고민이다. 마르고는 다른 아이들은 모두 바지를 입고 왔는데 자기 혼자 치마를 입고 버젓이 걸어다닐 엄두가 나지 않았다. 그렇게 튀는 아이는 되고 싶지 않았다. 더군다나 첫날부터.

대망의 입학식 전날 밤, 마르고는 저녁 8시부터 자리에 누웠다. 입학식은 오후 1시 50분이라고 했지만, 마르고는 최상의 컨디션으로 새 날을 맞고 싶었다. 엄마가 마르고한테 저녁 뽀뽀를 해주러 왔다.

"엄마, 난 중학교가 무서워."

"뭐가 무서운데?"

"몽땅 다."

"몽땅 다라니! 정확하게 뭐가?"

엄마가 꼬치꼬치 물었다.

"나도 몰라."

"모를 땐 무서운 게 당연해. 걱정 마. 2주만 지나면 다 알게 될 텐데, 뭘. 그럼 너도 고참 중학생이 될 거야."

"친구들을 하나도 못 사귀면 어떡하지?"

"차라리 딴 걸 걱정하렴. 네게 친구가 없었던 적은 한 번도 없었으니까."

"선생님들이 너무 엄하시면?"

"그렇다고 죽지 않아!"

참을성이 바닥난 엄마가 말을 잘랐다.

"무슨 말인지 하나도 못 알아들으면?"

"알아들을 거야!"

멜로 부인이 다독거리며 방을 나갔다.

'피, 말이야 쉽지.'

생각에 생각이 꼬리를 물고 이어졌다. 이리저리 몸을 뒤척였다. 한 마리 두 마리…… 양을 세었다. 코끼리를 세었다. 그러다 불을 켜고 읽다만 『동생의 일기』를 읽었다.

'화장실을 못 찾으면 어떡하지?'

마르고는 불안해졌다. 얼른 화장실로 달려갔다. 지금 오줌을 누지 않으면 영영 못 눌 것만 같았다. 가방을 열고 필기도구를 제대로 챙겨 넣었는지 다시 한 번 확인했다. 그러다 마침내 인생에 한 획을 긋는 대혁명의 날을 코앞에 두고도, 마르고는 1,776까지 수를 세다가 끝내 잠이 들고 말았다.*

언니도 고등학교에 입학하지만 오늘의 주인공은 어디까지나 마르고였다. 언니는 충고를 해준답시고 끊임없이 마르고의 신경을 건드렸다. 하필이면 대출발 직전에 가장 끔찍한 실랑이가 벌어졌다. 바로 다르고가 막 어깨에 가방을 메려던 참이었다.

"설마 너, 중학교까지 그 멜빵 달린 가방을 메고 가려는 건 아

---

* 참고로 프랑스 대혁명은 1789년에 일어났다.

니겠지?"

언니가 호들갑스럽게 외쳤다.

"그럼 나보고 이 물건들을 어떻게 들고 가란 말이야?"

마르고가 징징거렸다.

"보조 가방에 필기도구만 넣어 가면 되잖아! 입학식 첫날부터 멜빵 달린 가방을 메고 오는 애가 어디 있니?"

이번만큼은 마르고도 물러서지 않았다.

"어쨌든 난 가방을 메고 갈 거야."

멜로 부인이 중재에 나섰다.

"너도 중학교 입학식 날 가방 메고 갔잖아."

"그랬지."

언니가 가시 돋친 말투로 대꾸했다.

"엄마가 가방 메고 가라고 성화를 부린 바람에 그 날 내가 얼마나 창피했는 줄 알아? 초등학교 가방 메고 온 바보 멍청이는 전교에서 나뿐이었단 말이야."

"하지만 그건 새로 산 진짜 가죽 가방이었잖아. 그 가방을 고른 게 누군데 그래. 게다가 다들 가방 메고 다녔잖아."

"그래. 그렇긴 해도 첫날부터 가방을 메고 갈 필요는 없었단 말이야."

"그럼 그 많은 책을 어떻게 들고 와?"

"첫날에는 책 안 나눠 줘."

"쟤가 하고 싶은 대로 하도록 제발 그냥 좀 내버려 둬라."

엄마가 말렸다.

"엄마는 마르고가 놀림감이 되면 좋겠어?"

"걱정 마!"

엄마가 안심을 시켰다.

'걱정 마! 엄마는 매일 그 말밖에 몰라.'

마르고는 생각했다.

2

마침내 마르고는 집을 나섰다. 멜빵 달린 가방이 너무 촌스러워 보이지 않을까 하는 걱정이, 선생님들이 무서우면 어떡하나 하는 두려움이, 게다가 학교의 행정 착오로 입학생 명단에 자기이름이 빠져 있을 것만 같은 초조함이 태산 같았다. 엄마가 학교까지 같이 가 주었다.

학생들과 학부모들이 중학교 운동장에 모여 있었다. 마르고는 낯익은 얼굴을 찾아보았다. 초등학교 친구 두 명을 발견하고는 얼른 그쪽으로 갔다.

갑자기 사람들이 차양이 드리워진 운동장 안쪽으로 우르르 몰려들었다. 학부모들은 운동장 바깥쪽으로 나오고, 학생들은 운동장 앞쪽으로 열을 지어 모이라는 위압적인 목소리가 들려 왔다. 하지만 학부모들은 좀처럼 아이들 곁에서 떨어질 줄을 몰랐다. 그 탓에 대열은 어디서부터 어디까지가 줄인지도 모를 만큼 혼잡했다.

콧수염을 기른 땅딸막한 선생님이 1학년 1반 학생들의 이름을 호명했다.

"여러분이 조용히 하지 않으면 내일이든 모레든 다시 학교에 나와야 한다. 나야 아무래도 좋으니까."

"1학년 2반. 만약 떠들다가 자기 이름을 듣지 못한 학생은 2반에서 제명된 것으로 알도록!"

마르고는 정신을 바짝 차렸다. 행여 자기 이름을 듣지 못할까 봐, 자기 이름이 호명되지 않을까 봐 겁이 났다. 마치 까먹기라도 할 것처럼 몇 번이고 자기 이름을 되뇌었다.

"1학년 3반. 그렇게 계속 떠들려면 집에 가도 좋아!"

"1학년 4반. 당장 입 다물지 않으면 너희들 신상에 좋지 않을 거다."

"1학년 5반. 이제부터 떠드는 학생들은 벌을 세울 테다."

마르고는 선생님이 자기 이름을 빠트릴까 봐 점점 더 초조해져만 갔다. 아는 친구들은 모두 다 이름이 호명되었건만, 아직도 자기 이름은 호명되지 않았다.

"1학년 6반. 자아, 얘들아, 착하지."

남학생들 열네 명의 이름이 호명되고 나서 드디어 기적처럼 마르고의 이름이 불려졌다.

마르고는 있는 힘껏 "네!" 하고 대답하면서, 반 아이들 틈에 끼었다. 6반 아이들이 다 모이자, 마르고는 담임 선생님을 따라 교실로 들어갔다. 교실에 들어서는 순간, 마치 집에 온 것처럼 마음이 놓였다. 휴우! 드디어 중학교에 들어온 것이다! 스포츠형 머리에 오토바이용 헬멧을 쓴 담임 선생님은 좋은 분 같긴 했지만 마르고가 기대하던 타입은 아니었다. 마르고는 수염이 덥수룩한 형을 좋아했다. 마르고는 선생님의 말씀을 한 마디도 놓치지 않았다. 우선 수첩에다 수업 시간표를 받아 적었다.

	월	화	목	금	토
8시	체육	수학/219호	국어/212호	역사/230호	음악/10호
9시	체육	국어/212호	영어/319호	수학/212호	미술/222호
10시	국어/212호	국어/212호	수학/212호	영어/319호	
11시	영어/319호	영어/319호	수학/212호	국어/212호	
14시	물리	역사/224호	체육		
15시	자연 과학	기술 가정/6호	국어/212호		
16시		기술 가정/6호	지리/219호		

시간표는 그런대로 괜찮았다. 수요일 온종일과 금요일 오후에는 수업이 하나도 없었다.

담임인 질리 선생님은 정식으로 임원 선거를 할 때까지 학생 두 명이 자진하여 임시로 학급 대표를 맡아 주기를 바랐다.

"누구 자진해서 할 사람 없나?"

모두들 꼼짝하지 않았다. 손을 드는 학생이 한 명도 없었다.

"뭐, 별로 어려운 일도 아니야. 수업 시간마다 학습 교재를 돌리고 5시까지 16호실에 도로 갖다 놓기만 하면 돼."

지원자가 아무도 없었다. 교실에는 어색한 침묵만이 감돌았다. 사회에 대한 이런 최소한의 의무마저 떠맡으려는 의로운 인물이 한 사람도 없다니…… 마르고는 분개했다. 도대체 누가 해야 할까?

그 날 저녁, 마르고는 저녁을 먹으면서 중학생이 된 첫날에 대해 짤막하게 보고했다. 우선 취임 소식부터 알렸다.

"내가 우리 반 임시 반장이 되었어."

"웬일로?"

아빠가 물었다.

"선생님은 아이들이 자진해서 나서 주기를 바랐는데 하겠다는 애가 한 명도 없지 뭐야. 대책 없이 기다리고만 있는 선생님이 되게 불쌍하더라. 그래서 내가 손을 들었어."

"우리 딸 착하다."

엄마가 말했다.

"반 아이들은 어떠니?"

"그렇게 못된 애들 같지는 않아. 그런데 필기도구를 하나도 안 가져온 남자 애도 있더라. 정말이야. 공책도, 연필도, 볼펜도 없이 덜렁덜렁 그냥 왔다니까. 그래서 걔 첫날부터 선생님한테 인상 팍 구겼지 뭐. 하지만 걔 빼고는 다 멜빵 달린 가방을 메고 왔어!"

마르고는 언니 들으라는 듯 큰 소리로 말했다.

"게다가 여자 애들은 다 치마 입고 왔더라 뭐. 나만 빼고."

"치, 못 말리는 애들!"

안느 언니가 비죽거렸다.

"다른 선생님들은 보았니?"

"응, 각 과목 선생님들이 다 한 번씩 다녀가셨어."

"너희 학교는 멋있니?"

다른 중학교에 다녔던 언니가 물었다.

"멋있긴커녕 끔찍하다 끔찍해. 정말 실망이야. 왜 그럴까 몰라. 글쎄 있잖아, 성같이 생긴 그 커다란 본관 건물 알지? 난 우리가 공부할 교실들도 다 그 건물 안에 있을 줄 알았는데 그게 아니야. 으리으리한 성채엔 순전히 학교 행정실뿐이고, 무슨 군대

26

막사처럼 생긴 건물만 우리들 차지지 뭐야."

"그렇지 뭐. 아이들은 늘 뒷전이라니까."

엄마가 혀를 찼다.

"막사도 그렇게 나쁘진 않아."

마르고가 엄마를 위로했다.

"다 좋은데, 교실이 너무 썰렁해. 장식은커녕 그림 한 점 없어. 게다가 복도는 어찌나 비좁고 복잡한지, 서로 부딪치지 않고서는 지나다닐 수가 없을 정도라니까. 그래도 분위기는 짱이야!"

"선생님들은 어떠시니? 남자 선생님들이야, 여자 선생님들이야?"

마르고는 얼른 헤아려 보았다.

"여자 선생님 다섯 분, 남자 선생님 다섯 분. 비율이 딱 맞아. 미술 선생님이 좀 괴짜 같아. 글쎄 우리랑 미술관도 가실 거래."

"그것 참 좋은 생각이시구나."

아빠가 선생님 편을 들었다.

"새 친구는 사귀었니?"

"모두들 끼리끼리만 얘기해. 게다가 온통 남자 애들뿐이야! 난 드니즈라는 여자 애랑 친해질 것 같아. 되게 착하고 얌전해 보이는 애야. 그런데 걔는 점심을 학생 식당에서 안 먹는대. 그리고 내가 임시 반장을 하겠다고 했더니, 장인가 뭔가 하는 남자 애가 자기는 머리 질끈 묶고 다니며 사사건건 나서는 여자 애들은 취미 없다나? 그러거나 말거나!"

"나도 그런 극성파들은 밥맛이더라!"

언니가 말했다.

마르고는 언니의 그 말은 묵살해 버리기로 했다.

"그런데 큰일났어. 준비물을 목요일까지 모두 챙겨 와야 한대. 선생님마다 준비물들을 하나 가득 적어 주셨어. 문방구를 숫제 통째로 들고 와야 할까 봐. 다 더해 보았더니 글쎄, 초록, 분홍, 파란색 파일 세 개에, 파일 종이도 초록, 분홍, 파랑, 흰색 네 가지나 돼. 일반 사전, 동의어 사전, 100쪽짜리 노트 두 권, 스프링 노트는 안 된대. 컴퍼스, 각도기, 삼각자, 그냥 자."

역사-지리: 대학 노트 크기 연습장 두 권.

물리: 칸 나눠진 큰 노트 두 권.

자연 과학: 양면 색인 카드, 파일, 투사지, 1밀리미터 모눈종이, 데생지.

미술: 물감, 헝겊, 팔레트, 비닐 봉투, 수성 펜, 4B 연필.

기술 가정: 칸 나눠진 큰 노트 두 권.

음악: 오선 노트, 일반 노트.

"우리가 학교 다닐 때는 연필과 공책만 있으면 됐는데……"

아빠가 구시렁거렸다.

"모든 과목에 필요한 기본 준비물들은 빼고도 이 정도야."

"그래도 작년에 쓰던 것들 가운데 다시 쓸 수 있는 게 없는지 확인해 봐."

엄마가 제동을 걸었다.

"내일 오후에 함께 가 보자. 나도 사야 할 게 많거든."

언니가 말했다.

"네 방에 쌓이고 쌓인 게 온통 파일이잖니."

"하지만 엄마, 꼭 파란색, 분홍색, 초록색이어야 하는걸. 알록달록한 파일은 이제 쓸 수 없단 말이야."

"어휴, 맘대로 하렴. 하지만 제발 좀 아껴 써라!"

이 말 또한 엄마의 십팔번이었다.

"걱정 마, 엄마!"

3

수요일은 그야말로 줄 없는 노트, 줄 있는 노트, 칸 나눠진 노트를 비롯하여 그 밖의 수천 가지 준비물들의 날이었다. 문방구며 대형 할인 매장마다 '신학기 용품' 진열대 앞은 수성 펜과 공책과 마분지와 지우개 따위의 문구 용품을 사려는 아이들과 학부모들로 북새통을 이루었다.

마르고는 도시의 전 인구가 왜 하필 똑같은 날에 우르르 몰려와 물건들을 사야 하는 것인지 답답하고 화가 났다. 사람만 그렇게 들끓지 않았다면 얼마든지 즐거울 수도 있는 일이었다. 그러나 계산대마다 끝없이 늘어진 줄들을 보면 절로 한숨이 새어 나왔다. 반 친구들의 얼굴도 몇몇 눈에 띄었다. 걔네들도 하염없이 기다리는 중이었다. 마르고는 머리가 빙글빙글 돌았다. 파김치가 다 되어 집에 돌아와서, 물건들을 제대로 샀는지 목록과 대조해 가며 하나하나 확인해 보았다. 맥이 빠졌다. 빠트린 자질구레한 물건들이 열두 가지도 넘었다. 벽장이며 전에 쓰던 가방들을 뒤지다가 결국은 안느 언니한테 가서 통사정을 한 끝에 부족한 것들을 그럭저럭 채울 수 있었다.

마르고는 가방 속에 있던 잡동사니들을 깨끗이 비워 냈다. 준비물과 시간표를 번갈아 들여다보면서, 거창하고도 꼼꼼하게 다음 날 책 준비를 했다. 잠자리에 누워서도 열심히 교실 호수를 외었다. 국어 212호, 영어 319호, 역사-지리 230호, 자연 과학 324호. 보나마나 교실을 못 찾아 헤맬 게 뻔했다. 그 날 밤, 마르고는 헤어날 길 없는 끝없이 이어지는 미로 속에 갇히는 꿈을 꾸었다.

이튿날 아침, 마르고는 무사히 212호 교실을 찾아갔다. 이젠 자기도 그 사리 분별인지 사방 분별인지를 제대로 할 줄 아는 교양인이 된 것 같아 뿌듯했다. 국어 선생님이 아이들의 수준을 알아보려고 시험 문제를 냈다. 드니즈가 드러내 놓고 짜증스런 표정을 지었다. 선생님은 덤덤한 어조로 앞으로 수업 시간에는 몰리에르*의 작품, 『마음에도 없는 의사가 되어』를 배울 것이라는 통고와 더불어, 첫 번째 과제물을 내 주었다. '가장 인상 깊게 겪었던 15분'에 대한 짧은 체험담을 지어 오라는 작문 숙제였다.

영어 시간에는 '고양이, 개, 책, 칠판, 분필, 선생님, 책상'을 배웠다. 모두들 처음 말을 배우는 어린아이들처럼 마냥 행복해했다. 단은 신이 나서, "Speak English?", "How do you do?"를 온종일 입에 달고 다녔다.

1, 2교시의 수업만으로도 마르고는 기운이 다 빠져 버렸다. 도저히 다음에 이어질 두 시간짜리 수학 수업을 따라갈 자신이 없었다. 수학만 없다면 인생이 훨씬 살만 할 텐데 하는 생각뿐이었다. 아닉은 수학 선생님이 그래도 그 중 '캡'이라고 했다.

"그래? 난 전혀 아니던데."

마르고가 딴지를 걸었다.

수학 시간의 좋은 점이라고 할 수 있는 것은 기껏해야 선생님이 숙제를 하나도 안 내 주셨다는 것 정도였다.

점심 시간이 되자, 너무도 배가 고팠던 마르고는 아이들 틈에 섞여서 우르르 식당으로 달려갔다. 즐거운 기대로 가득 찬 순간이었다. 무어라도 먹을 수 있을 것 같았다. 하지만 식당으로 가는 복도는 아수라장이었다. 꾸역꾸역 밀려드는 학생들과 가방들에

---

* 17세기 프랑스 고전주의 시대의 희극 작가(1622~1673).

밟히고 치일까 봐 겁이 났다. 아니, 점점 더 공포에 사로잡혔다. 사방으로 눌리고 조여서 질식할 것만 같은 기분이었다. 거센 흐름에 휩쓸려 식당 문 앞까지 갔지만, 감독 선생님은 식당이 꽉 차서 기다려야 한다고 말씀했다.

마르고는 얼이 다 빠져 버렸다. 한참을 헤맨 끝에 겨우 운동장 한 귀퉁이에 있는 공중전화 박스를 발견했다. 전화번호를 돌리고 울먹거리며 이 비극적인 사건을 보고했다.

"엄마, 하마터면 나 깔려 죽을 뻔했어. 무서워서 죽는 줄 알았어. 게다가 배고파 죽을 것 같아."

"그럼 집에 오렴."

마르고는 집 생각이 간절했다. 집이 마치 사막의 오아시스 같았다.

"가도 돼?"

"왜 못 와?"

"그래도 되는 건지 모르겠어. 에이, 그러거나 말거나. 갈게."

마르고는 한걸음에 달려왔다.

"이런 게 중학교라면, 미리 생각을 좀 해 봤어야 하는 건데 그랬어."

마르고는 오전 수업 때의 일들이며 식당 가기가 얼마나 위험 천만했었는지를 엄마에게 얘기했다.

"걱정 마, 곧 익숙해지겠지 뭐!"

그래도 오후의 체육과 역사-지리 시간은 후딱 지나가 버렸다. 체육 시간에는 재즈 댄스를, 역사-지리 시간에는 문명의 태동에 대하여 배웠다. 왠지 미래가 밝아 보였다.

마르고는 머릿속이 공부 계획과 과제물과 좋은 성적을 받겠다는 포부로 가득 차서 집을 향해 발걸음을 재촉했다. 그런데 어떤 무지막지해 보이는 우람한 팔 하나가 마르고의 어깨를 지긋이 누르면서 속삭였다.

"헤이, 오늘 저녁 시간 있니?"

소스라치게 놀란 마르고는 영문도 모른 채, 흠칫 몸을 빼내고는 정신 없이 내달렸다. 중3이나 고1쯤으로 보이는 키 큰 남학생이었다. 낮에 이어 두 번째로, 마르고는 숨이 넘어갈 것처럼 헐떡거리며 집에 들어섰다. 중학교라는 데는 정말 곳곳이 위험투성이였다.

"당했어."

마르고가 외쳤다. 이게 바로 그 말로만 듣던 '성희롱'이라는 것이구나 하는 생각이 들었다.

"나, 집에 오다가 성희롱 당했어!"

마르고는 정신 없이 마구마구 외쳤다.

엄마와 언니가 기겁을 해서 달려나왔다.

"무슨 일이야?"

마르고는 그 우람한 팔뚝과 남학생과 "오늘 저녁······?"하던 으스스한 목소리를 두서없이 주워섬겼다.

"그게 다야?"

언니가 물었다. 좀더 스릴 넘치는 이야기를 기대했었는지, 꽤나 실망하는 눈치였다.

"별일 아니야."

엄마가 달랬다.

"곧 익숙해질 거야. 아마 걔가 네 모습에 반했던 모양이다. 그렇게 끔찍한 일도 아닌데, 뭘."

마르고는 도무지 마음이 가라앉지 않았다. 아무리 공부를 해야겠다고 마음을 다져도, 솟구치는 호기심을 누를 길이 없었다. 마르고는 마치 도둑고양이처럼 언니 방에 몰래 숨어 들어가 브래지어를 해 보았다. 면 레이스로 된 볼록 컵들이 마르고의 절벽 가슴 위에서 속이 비어 헐렁했다. 그 빈 자리들에 양말 한 짝씩을 쑤셔 넣고는 거울 속에 비치는 자신의 매력 포인트를 가늠해 보았다. 언니가 방에 들어오면서 한 마디 던졌다.

"하, 이 여자 큰일 치르겠네!"

마르고는 창피해서 죽고 싶은 심정으로 우물거렸다.

"아직은 턱도 없어!"

마르고는 방문을 닫고 책상 앞에 턱을 괴고 앉아서 생각을 쥐어 짰다. 작문 숙제를 하려고 했지만, 어떤 15분에 대해서 써야 할 지 마음을 정할 수가 없었다. 인상 깊었던 15분이 너무 많았다. 언니한테 가서 물어 보았다.

"중학교 입학 통지서를 기다리던 15분."

"안 돼, 다들 그걸 쓸 텐데, 뭘."

"갓 태어났을 때의 15분은 어때?"

"기억 안 나."

"지어 내!"

"싫어."

"고등 음악원 주최 비올라 경연 대회에 나갔던 일을 써 보렴."

"하, 그거 괜찮겠다. 고마워!"

마르고는 다시 방에 돌아와, 줄 쳐진 하얀 종이 앞에 앉았다. 그러곤 공포에 사로잡혀 도시의 온갖 소음을 듣고 있었다. 아무 리 귀 기울여 봐도 들리는 건 차 소리, 개 짖는 소리, 멀리서 희미 하게 들려 오는 굴착기 소리, 뛰노는 아이들 소리뿐, 머릿속의 생 각은 들리지 않았다. 최후의 일격을 가하듯, 전화벨마저 찌렁찌 렁 울려 댔다.

마르고는 참을 수가 없었다.

"도대체 이 집에선 공부를 할 수가 없잖아!"

언니의 콧노래 소리가 더욱더 마르고의 신경을 긁으며 생각의 흐름을 끊어 놓았다.

마르고는 솜으로 귀를 틀어막고 스키 모자를 뒤집어썼다. 부글부글 끓어오르는 마음을 애써 진정시켜 가면서, 간신히 첫 줄을 썼다.

'너희가 공포를 아느냐?'

꽤 그럴 듯한 제목 같았지만, 자신이 없었다. 중학교에서의 첫 번째 작문 숙제인 만큼, 엄마한테 한번 보여 주고 싶었다. 엄마도 제목이 멋있다고 했다.

"이제 뭐라고 써야 하지?"

"음, 계속 그렇게 써 봐."

"피, 말이야 쉽지! 이 시끌벅적한 속에서 어떻게 공부를 하라는 거야. 창문이라도 이중창으로 바꾸면 안 돼? 한쪽에선 콧노래를 부르지 않나, 또 한쪽에선 왕왕 짖어 대지 않나, 게다가 전화통까지 끊임없이 울려 대는 이 북새통 속에서 엄마는 어떻게 내가 제대로 쓰기를 바라?"

"걱정 마! 곧 익숙해질 거야."

녹음된 테이프처럼 엄마의 십팔번이 흘러 나왔다.

마르고는 부서져라 문을 쾅 닫고는 다시 제목을 노려보았다.

"공포. 공포. 공포."

번득이는 제목을 섬광처럼 쏟아내고 나자 영감이 바닥났는지, 더 이상 이을 말이 생각나지 않았다. 또 전화벨이 울렸다.

"마르고, 전화 왔어. 에스텔이야!"

에스텔은 6학년 때 가장 친했지만, 사는 동네가 달라서 다른 중학교로 간 친구였다.

"어떠니?"

"좋아."

"너희 반은 좋니?"

"끝내줘!"

"너희 학교는 숙제 많니?"

선생님들이며 아이들에 대하여, 그리고 그 밖의 이런저런 일들을 얘기하다 보니, 벌써 저녁 먹을 시간이 되었다. 결국 해 놓은 게 아무것도 없었다.

"끊임없이 소음에 시달려야 하는 이런 악조건 속에서 나보고 어떻게 공부를 하라는 거야. 도대체 집중할 수가 없잖아."

"내 참, 자기가 무슨 오페라의 프리마 돈나라고…… 나도 너와 똑같은 조건에서 공부해."

이죽거리기 대장인 언니가 약을 올렸다.

"그래도 언니 방은 내 방보다 두 배는 크잖아."

"걱정 마."

엄마가 끼어들었다.

마르고는 언니와 눈을 마주치며 피식 웃고 말았다. 엄마 대신 딸 둘이 합창을 했다.

"곧 익숙해질 거야!"

마르고는 국어 학습장을 다시 읽었다.

'첫 번째 작문 숙제: 자유로운 형식의 생활 체험담 쓰기(150에서 300단어 내외로). 단, 재미있고 인상 깊었던 순간이어야 하며, 이야기의 시간은 15분을 넘지 않도록 할 것.'

마르고는 친구들에게 설문 조사를 실시했다.

"카트린. 넌 뭐에 대해서 쓸 거니?"

"엄마 뱃속에서 처음 나왔을 때의 15분."

"드니즈. 너는?"

"처음 스키를 탔을 때의 15분."

"니콜, 넌?"

"할아버지 돌아가셨을 때의 일."

마르고는 친구들의 아이디어가 자기 것보다 백 배는 더 나아 보였다. 그 별 볼일 없던 비올라 경연 대회에서 무슨 수로 자그마치 150 내지 300단어를 끌어낼 수 있을까? 아직 2주일은 더 생각해 볼 여유가 있었지만, 마르고는 벌써부터 마음이 무거웠다. 집이 그렇게 시끄럽지만 않아도 좋으련만.

처음 몇 주간은 수전노의 금고에 은전이 쌓여 가듯 학습장 속에 마르고의 걱정이 산처럼 쌓여 갔다. 집중을 하려고 애썼지만 여의치 않았다. 수줍고 어색한 밀월 기간인 신학기의 몇 주간이 지나자, 1학년 6반 아이들은 다들 떠들기 대장이 되어 있었다. 떠들기도 일종의 전염병이라서 마르고도 이내 전염이 되었다. 드니즈며 카트린, 필립에게 선생님들에 대한 흉을 늘어놓고 싶어서 좀이 쑤셨다.

"봤니? 아까 선생님이 '애들아, 쉿, 목소리 좀 낮춰……' 할때. 아예 우리 입에다 자물쇠를 채워 버리고 싶은 표정이더라."

영어 시간에는 떠들지 않는 아이가 없었다. 카미유는 쉴 새 없이 짝이랑 종알거렸고, 니콜과 단은 새로운 험담거리가 될 만한 정보들을 주고받았다. 선생님이 조용히 말씀했다.

"입 다물지 않으면, 입에다 반창고를 한 장씩 붙여 줄 테다."

아이들은 마치 언제 그런 말을 들었냐는 듯, 여전히 소란스럽게 떠들었다. 그러다가 선생님한테 조금 죄송한 마음이 든 카미유가 아이들을 향해 벼락같이 소리를 질렀다.

"시꺼!"

그 한 마디에 교실은 쥐 죽은 듯 조용해졌다. 하지만 선생님은 그 무지막지한 말이 자신을 두고 한 말이라고 오해했다. 카미유는 경고를 받았고, 반 전체가 단체 기합을 받았다.

'교과서 제1과 세 번씩 써 오기.'

마르고의 머릿속은 다음 달까지, 내주까지, 아니면 사흘 후까지 처리해야 할 골칫거리들로 가득 찼다. 더불어 요령과 잔꾀들도. 수업이 끝날 때마다 숙제는 어김없이, 억수같이 쏟아졌다. 날마다 집에 돌아오면 곧바로 숙제를 시작했지만, 밑 빠진 독에 물 붓기였다. 숙제 하나를 끝내면, 또 다른 숙제가 기다리고 있었다. 좀처럼 줄어들 줄 모르는 도시와 집의 소음들이 수행 평가 20점 만점에 20점의 고지 탈환을 끈질기게 방해했다. 마르고는 밥 먹을 때마다 푸념을 늘어놓곤 했다.

"이 소란 속에서 어떻게 공부를 하란 말이야? 카트린은 엄마 아빠가 소음 방지 헤드폰도 사 주셨대. 그 헤드폰 진짜 짱인가 봐. 글쎄, 아무 소리도 안 들린대. 그래서 걔 수행 평가 점수가 얼마나 좋아졌는 줄 알아?"

마르고는 꼭 텔레비전에 광고하러 나온 애처럼 읊어 댔다.

"난 헤드폰 없어도 잘만 되던데."

언니가 대꾸했다.

"우리 때는 그깟 것들 없어도 공부만 잘 했다."

엄마가 구시렁거렸다.

"그때는 소음도 없었잖아."

"그래도 차츰 익숙해져야지."

엄마의 그 말이 마치 메아리처럼 귓전에 맴돌았다.

하지만 마르고는 조금도 익숙해지지 않았다. 마르고는 용돈을 털어서 산 '누구야' 표 귀마개를 했다. 그러곤 그 위에, 지하실에 있던 스키용품 박스를 뒤져서 찾아 낸 두터운 머리띠를 둘렀다. 맨 위에 스키 모자까지 뒤집어썼다. 마르고가 고안해 낸 헤드폰 대용은 좀 덥긴 했지만 성능은 뛰어났다. 저녁 먹을 시간이면, 매번 언니가 와서 마르고의 어깨를 두드려야만 했다.

그렇게 해서 성공적으로 문명의 소음에서 벗어난 마르고는 국어 시간에 발표해야 할 프랑스 시 한 편을 찾아 내야 하는 작업에 매달렸다. 책장에서 엘뤼아르, 프레베르, 위고, 아폴리네르의 시선집을 꺼내 왔다. 한 권 한 권을 처음부터 끝까지 샅샅이 훑었다. 안 그래도 맘에 드는 시를 찾아 내지 못할 것만 같아 불안했는데, 아닌 게 아니라 진짜 그렇게 됐다. 베를렌, 랭보, 보들레르의 시선집들을 아무리 훑어보아도, 아무런 느낌도 와 닿지 않았다. 마침내 마르고는 중대한 결정을 내렸다. 자기가 직접 시를 쓴 다음, 선생님한테는 책에서 찾아 낸 시라고 거짓말을 하기로 한 것이다. 마르고는 썼다.

내가 시를 쓴담 좋겠다.

길고

뜻 깊은 시를.

모든 아이들이 좋아하고,

세상 모든 이들의 심금을 울릴.

그 시를 읽고

아빠가 날 껴안아 주고

엄마가 날 자랑스러워하면 좋겠다.

물론 즐겁지만

때론 슬프기도 한

시였으면 좋겠다.

누구나가 알아 주고,

누구나가 칭송하는 유명한 시였으면 좋겠다.

아, 하지만 결코 그럴 일은 없으리!

아이가 끄적인 시는

아무도 귀 기울여 주지 않을 테니까.

성공! 정확하게 열여섯 줄을 맞췄다. 마르고는 '누구야' 표 귀마개를 벗어 던지고 언니한테 달려갔다. 언니에게 읽어 준 뒤, 언니의 고매한 비평을 듣고 싶었다.

"너, 미쳤니! 선생님이 네 말을 믿어 줄 것 같아? 하려면 제대로 해. 제대로 된 책에서 제대로 된 시를 고르란 말이야!"

마르고는 잔뜩 풀이 죽어서 방으로 돌아왔다. 아무 시선집이나 펼쳐서 시행을 한 줄 한 줄 세기 시작했다.

"열두 행이나 열네 행짜리 시만 나오면, 눈 딱 감고 그걸로 정해 버려야지!"

레이몽 크노의 시집에서, 마침내 마르고는 당선작을 찾아 냈다.

시 쓰기

단어를 하나, 둘 고르세요.
그러곤 계란 찌듯 푸욱 삶으세요.
의미를 약간 치고,
순수함을 듬뿍 넣으세요.
불에 살짝 익히세요.
기교라는 은근한 불에요.
알쏭달쏭한 소스를 붓고,
별을 몇 줌 솔솔 뿌리세요.
후추를 친 다음, 감쪽같이 사라지는 거예요.

이렇게 해서 뭘 어쩌자는 거지요?

쓰기라니,

정말이오? 그럼 정말 쓰게 될까요?

언니는 마뜩찮은 눈치였다.

"다 아는 시잖아."

"그럼 어때! 더 잘 알게 되면 좋지!"

"초등학교 6학년에나 어울릴 시라고."

언니가 결정타를 날리는 바람에 마르고는 결심이 흔들렸다. 저녁 먹을 시간까지도, 마르고는 발표할 시를 찾지 못했다.

"조르즈 브라상스*의 노래는 어때?"

아빠가 물었다.

"선생님은 어디까지나 시를 고르라고 하셨어, 노래가 아니라."

"시인도 이따금 노랫말을 짓기도 하잖아. 거 왜, 네 이름과 똑같은 「맘 좋은 마르고」라는 노래를 소개하지그래?"

아빠는 시를 읊듯이 한 구절 한 구절 천천히 그 노래를 흥얼거리기 시작했다.

드디어 마르고가 폭발했다.

"아빠는 정말 뭘 몰라. 수업 시간에 그 노래를 낭송하면 대번에

---

* 프랑스의 시인이자 작곡가, 샹송 가수(1921~1981).

빵점 맞을 거란 말이야. 게다가 그 노래는 열여섯 행도 넘는걸.
아빠는 내가 아이들 앞에서 이렇게 주절거리면 속이 시원하겠
어?"

　　양치기 소녀 마르고통
　　수풀 속에서
　　엄마 잃은 새끼고양이를
　　데려왔대요.
　　마르고는 옷섶을 풀어 헤치고
　　고양이를 품에 안고 재웠대요.
　　가난한 마르고통
　　가진 건 베개같이 푹신한 가슴뿐이었지요.
　　엄마 품인 줄만 안 고양이
　　대뜸 젖을 빨기 시작했대요.
　　불쌍한 마음에 마르고
　　가만 내버려 두었대요.
　　마르고는 맘도 좋아.
　　지나가던 실없는 농부
　　그 희한한 광경을 보고
　　마을 사람들에게 알리려고 달려갔대요.

마르고는 자기 주제곡인 그 노래를 가사 하나 안 틀리고 줄줄 외우고 있었다.

"그 노래를 낭송하면 너희 반 아이들이 배꼽을 잡을 거다."

아빠가 장담했다.

"당연하지! 그래서 아빠는 애들이 나보고 젖퉁이 마르고, 젖엄마 마르고라고 부르면 좋겠어? 물론 아빠야 그저 농담 삼아 하는 얘기겠지만……"

"유머러스한 시를 고르는 것이 좋잖아."

"난 평범하고 수수한 시를 원한단 말이야. 가볍게 미소짓게 할 정도라면 모를까, 그렇게 정신 없이 웃기는 건 싫어. 20점 만점에 15점은 받을 수 있는 열두 행 내지 열여섯 행 정도의 시, 평범한 시. 그게 내가 찾는 거야!"

식구들은 평범한 시를 생각해 내려 애쓰며 묵묵히 밥을 먹었다. 식사가 끝나자, 가족들은 그 어려운 일을 접어 두고, 평소처럼 평범한 일에 몰두할 수 있게 된 것에 안도했다. 멜로 씨가 흥얼거리는 노래에 맞춰 식탁 치우기.

마르고가 가슴을 풀어 젖히고
고양이에게 젖을 빨리는데
온 마을 총각들이, 온 마을 총각들이

달려와, 옴 머 머 머 머
달려와, 옴 머 머 머 머.

아빠의 노래는 더욱더 마르고의 신경을 건드렸다.

이집트 문명에 대한 단락을 다 복습했는데도, 마르고는 잠이
오지 않았다. 한참을 뒤척이다가 가까스로 잠이 들었다. 하지만
자면서까지도, 시 낭송은 엉망이 되고 작문 숙제에는 온통 빨간
줄이 죽죽 그어지는 끔찍한 악몽에 시달렸다.

마르고는 소스라치게 놀라 잠에서 깨어났다. 망했다. 너무 늦
잠을 잤나 보다. 세수도 머리 손질도 건너뛴 채, 허둥지둥 옷을
꿰어 입고 엄마를 깨우러 갔다.

"엄마, 자명종이 울리지 않았어. 지각했단 말이야. 학교까지
좀 태워다 줘, 제발 부탁이야."

마르고 엄마는 몽유병자처럼 흐느적거리며, 파자마와 슬리퍼
차림 그대로 간신히 외투만 걸친 채 집을 나섰다. 차 속에서도 내
내 벌 받을 생각만 떠올라, 마르고는 거의 울음이 터져 나오기 일
보 직전이었다. 사실 학교 정문이 닫혀 있으리란 것은 진작부터
각오한 일이었다. 마르고가 자기에게 닥친 운명을 달게 받을 수
있도록, 엄마가 철책 문 앞에 떨구어 주었다.

"차림새가 이 모양이라서 함께 못 가 준다. 걱정하지 말고, 왜 이렇게 늦었는지 자초지종을 잘 말씀드려 봐."

마르고 역시 엄마와 함께 등장하고 싶은 생각은 추호도 없었다. 코트는 나무랄 데 없었지만, 코트 단 아래로 발목까지 잠옷이 치렁치렁 늘어져 있었기 때문이다. 여전히 한밤중인 듯, 엄마한테는 아직도 잠에 취한 냄새가 풀풀 났다. 그렇다고 혼자서 교장 선생님을 맞닥뜨릴 엄두도 나지 않았다. 불쑥 이런 생각마저 들었다. 이대로 수업을 빼먹고, 온종일 빈둥거리면서 시내에 있는 상가 쇼윈도나 기웃거리다가, 바다가 내려다보이는 벤치에 앉아서 갈매기들이랑 수다나 떨까…… 그럼 가방은 어떻게 한담? 마르고는 한참을 그렇게 철책 문 앞에서 망연히 서 있다가, 비로소 학교에 아무런 기척도 없다는 것을 깨달았다. 정말 아무도 없었다.

자기가 꿈을 꾸고 있는 게 아닌가 싶었다. 꼼짝 않고 운동장을 노려보았다. 아무런 소리도 들리지 않았다. 개미 새끼 한 마리 얼씬거리지 않았다. 허둥거리는 바람에 시계도 안 갖고 나왔지만, 이러고 서 있은 지가 족히 15분은 되었을 것 같았다. 수위실에서 수위 아저씨가 묵직한 열쇠 꾸러미를 들고 나왔다.

"아니, 벌써 등교를 했네. 참 부지런도 하지."

수위 아저씨가 놀리듯 말했다.

조금 후에 아이들 몇 명이 등교를 했다. 아이들은 텅 빈 운동장에 들어서다가, 마치 노숙자처럼 벤치 위에 쭈그리고 누워 있는 한 여학생을 보았다.

처음부터 어긋나기 시작했던 하루가 제대로 넘어갈 리가 없었다. 먼저 물리 시간에 구두시험에 답변해야 하는 얄궂은 운명이 단두대의 칼날처럼 하필이면 마르고한테 떨어졌다.

"로마 저울과 로베르발 저울의 차이는 뭔가?"

무슨 배짱으로 물리 복습을 까먹었을까? 마르고의 머릿속은 깨끗한 백지 상태로 텅 비어 있었다. 뇌에서 입으로 아무런 메시지도 전달되지 않은 탓에 마르고는 미라처럼 말없이 서 있기만 했다. 당황한 나머지 대답을 적당히 둘러 댈 순발력조차 생기지 않았다.

"마르고, 빵점."

"헉, 빵점!"

마르고는 기가 막혔다.

'내 인생은 이제 끝장이야. 통지표에 지울 수 없는 오점을 남겼어.'

그러자 걷잡을 수 없이 화가 치밀었다. 순간 두 저울의 차이점이 생각났다. 이렇게 새카맣게 까먹고 만 것은 순전히 불시에 기습을 당했던 탓이다. 선생님은 마르고를 함정에 빠트려서 영원한 구제 불능아로 만들어 버렸다. 마르고는 가슴이 쓰리고 아파서 터질 것 같았다. 눈물이 비어져 나오려는 것을 수업이 끝날 때까지 가까스로 참으면서 속으로 외쳤다.

'치사 빵!'

친구들이 마르고를 위로했다.

"선생님, 정말 치사하다!"

드니즈가 마르고를 두둔했다.

"어쩜, 그렇게 비열할 수가!"

카트린도 맞장구를 쳤다.

"순 얌체! 예고도 없이 질문을 하다니."

아더가 말했다.

아이들도 모두 같은 생각이라는 사실에 마르고는 좀 위안이 되었지만, 빵점이란 점수는 좀처럼 뇌리에서 지워지지 않았다. 학습 지진아 내지는 부적격자라는 선고를 받은 것만 같은 기분이었다. 아, 다들 그토록 귀가 따갑도록 경고해 주었건만.

"중학교는 초등학교와 달라. 수업 시간마다 배운 것은 철저히 복습해야 해."

'중학교는 내가 생각했던 천국이 아니야!'

마르고는 생각했다.

마르고는 큰 소리로 영어 회화를 따라 읽을 기분이 아니었다.

Helen: What's your favorite color, Kate?

　　케이트, 넌 무슨 색을 가장 좋아하니?

Kate: It's green. Look! My dress is green.

　　초록색. 봐! 내 옷은 초록색이야.

Helen: Blue's my favorite color. Look! I have a blue skirt!

　　난 파란색을 가장 좋아해. 봐! 난 파란색 치마를 입었어!

영어 선생님이 마르고에게 영어로 물었다.

"What's your favorite color?"

마르고는 '검정색이오…… 오늘처럼 우중충한!' 이라고 대답하고 싶었다. 하지만 그 말에 해당되는 영어 단어를 몰랐다.

수학 시간에도 여전히 인생은 고달프기만 했다.

선생님의 첫 마디: "다음 주에 수학 쪽지 시험 본다."

마르고의 반응: 딸꾹질.

마르고는 괴이쩍은 요란한 소리로 딸꾹질을 하기 시작했다. 마치 딸꾹 소리 하나하나마다 스테레오 확성기가 장착되어 있는 것 같았다. 마르고가 딸꾹질을 할 때마다 웃음소리는 점점 커져서 급기야 교실 전체가 들썩거릴 지경이었다. 마르고는 교실 바닥에

깔린 타일이 쫙 벌어져서 자기를 삼켜 버려 이대로 지상에서 영원히 사라져 버렸으면 싶었다. 그래서 적어도 앞으로 100세대 뒤까지도 수학 얘기가, 딸꾹질 얘기가, 자기 얘기가 사람들 입에 오르내리지 않게 되기를 바랐다.

모두들 제각각 처방책을 내놓았다. 선생님이 카미유더러 물을 한 컵 가져오라고 했다.

"자, 숨쉬지 말고 단숨에 들이켜 봐."

효과 없음.

"엄지와 검지로 코를 막고, 컵을 돌려서 들고 마셔 봐."

소용 없음!

"숨을 크게 내쉬어."

차도 없음.

"뛰어 봐!"

부질없음.

"소릴 질러!"

꽝.

열렬한 성원을 보내는 관객들 앞에서 마르고가 끊임없이 어릿광대짓을 하고 있는 사이에, 누군가가 소리쳤다.

"겁을 잔뜩 줘 보자!"

아닉이 와서 마르고의 두 뺨을 세게 후려쳤다. 마르고는 충격에 싸여 눈물이 주르르 흘렀지만…… 그래도 딸꾹질은 멎지 않았다. 선생님은 박자 맞춰 규칙적으로 한 번씩 터져 나오는 마르고의 딸꾹 소리 사이사이로 수업을 다시 시작해 보려고 애를 썼다. 마르고는 그 자리에서 조용히 죽어 버리고 싶었다. 마르고가 소리 없이 땅에 묻히는 자기 모습을 머릿속에 그리고 있을 즈음, 수업이 끝나는 종 소리가 죽은 사람들을 흔들어 깨울듯이 쩌렁쩌렁 울리면서 딸꾹 소리를 완전히 뒤덮어 버렸다.

계단을 지나 식당까지 내달리는 아귀다툼은 그 어느 때보다도 치열해 보였다. 마르고는 배가 고픈 것도 아니건만 속수무책으로 거친 파도에 휩쓸려 떠내려갔다. 처음 보는 웬 남학생 한 명이 마르고를 보자, 느닷없이 두 손을 번쩍 들더니 가방으로 애꿎은 마르고의 머리를 쾅 내리쳤다. 마르고는 아침부터 179번째로 다시 한 번 되뇌었다.

"꿈이야. 현실일 리가 없어! 지금 난 꿈을 꾸고 있는 거야! 어떻게 이럴 수가!"

마르고는 영화 속에 나오는 여주인공처럼 기절이라도 하고 싶었지만, 마르고의 두 다리는 조금도 구부러질 뜻이 없는 듯했다. 마르고는 이마를 더듬어 아직도 온전한지를 확인한 다음, 이번에는 8킬로그램 상당의 책이 든 자기 가방을 휘둘러 그 살인 미수범에게 똑같이 되갚아 주었다.

이마에 봉긋하니 혹까지 솟아난 마당에 엎친 데 덮친 격으로, 식당에서는 마르고가 그토록 싫어하던 슈크르트*의 역겨운 냄새가 새어 나왔다. 아무거나 가리지 않고 먹는 마르고였지만, 도저히 받아들일 수 없는 것이 딱 두 가지 있었다. 순무와 양배추 절임. 2분 전까지만 해도 배가 하나도 고프지 않았건만, 느닷없이 토마토소스를 뿌린 라비올리**를 5인분이라도 너끈히 먹어 치울 것 같은 맹렬한 허기가 밀려왔다.

마르고는 가까스로 대열에서 빠져 나와 공중전화 박스로 기어들었다. 주머니에서 50상팀짜리 동전을 꺼냈다. 그 반 프랑짜리 동전은 늘 갖고 다니는 마르고의 비상금이자 구명대였다. 엄마라면 슈크르트와 딸꾹질과 이마의 혹과 그 밖에 일어났던 그 모든 불행한 사태들에 어떻게 대처해야 할지 알고 있을 것만 같았다.

"엄마!"

"안녕, 우리 딸. 괜찮니?"

"엄마!"

"왜 또오? 도대체 오늘 아침은 어떻게 된 거니? 우리가 나가고

---

* 양배추 절임.
** 네모 또는 반달 모양으로 만들어 익힌 이탈리아식 만두.

5분 뒤에 자명종이 울렸다더라. 네가 하도 난리를 치는 바람에 미처 시간을 확인해 볼 새도 없었잖아."

"엄마! 슈크르트가 나왔어."

멜로 부인은 마르고의 재난을 즉각 알아챘다.

"돈 가진 것 있니?"

"가방 속에 5프랑 있을 거야."

"그럼 얼른 학교 근처 빵집에 가서 피살라디에르*를 사 갖고 와."

"알았어. 이따 봐."

왜 진작 그 생각을 못 했는지 모르겠다.

"안녕, 우리 딸."

마르고는 자신의 충복인 무거운 가방을 떠메고 허우적거리며 피살라디에르를 사러 뛰었다. 다 팔렸다. 피살라디에르는 고사하고 그냥 피자도 없었다. 마르고는 바게트 반 토막을 사 가지고 학교 근처에 있는 공원 벤치에 앉아서 청승맞게 먹었다. 말로만 듣던 '의욕 상실'이란 단어의 참뜻을 이제야 비로소 알 것 같았다. 모든 의욕을 상실한 채, 반밖에 채워지지 않은 주린 배를 부여잡고 하염없이 먼 산만 바라보았다. 함께 체육 수업을 받는 여학생

---

* 멸치를 넣은 니스식 피자 파이.

들 몇 명이 지나가다가 마르고한테 다가왔다. 마르고는 깜짝 놀랐다. 개네들은 담배를 피우고 있었다.

리즈가 재킷 주머니에서 파란 담배갑를 꺼내 한 개비를 마르고한테 건넸다.

"자!"

"고맙지만, 난 담배 안 피워."

"한번 피워 봐. 괜찮아."

"아니, 싫어."

마르고는 거듭 사양했다. 정말이지 담배를 피우고 싶은 마음은 눈곱만큼도 없었다. 사실 담배는 냄새만 맡아도 속이 메슥거렸고, 연기 때문에 눈이 매웠다. 마르고네는 이따금 찾아오는 손님들 외에는 담배를 피우는 사람이 아무도 없었다. 언젠가 엄마 아빠의 친구 한 분이 저녁 식탁에서 담배를 피워 물자, 엄마가 양해를 구했다.

"흡연 중이신데, 제가 식사를 해도 괜찮을까요?"

그런데도 리즈는 한 대만 피워 보라고 부득부득 권했다.

"한 번만 피워 봐. 곧 익숙해진다니까. 우린 이제 어린애가 아니라고."

"괜찮데도 그러네. 기분이 뿅 간다니까."

카티가 부추겼다.

"소심하긴!"

"아니, 정말이야. 피우고 싶지 않아!"

"겁쟁이!"

"어서!"

"자, 한 모금만 빨아 봐."

"피워 보면 알 거야. 정말 끝내줘."

카티는 억지로 마르고의 입에 담배를 물렸다. 마르고는 어떻게 하면 이 무지막지한 압력으로부터 명예롭게 벗어날 수 있을지 막막했다. 담배를 한 모금 빨자마자 밭은기침이 터져 나왔다. 깔깔거리는 아이들의 비아냥 속에서, 마르고는 계속 켁켁거리며 카티한테 담배를 돌려 주었다.

"익숙해지면, 너도 좋아하게 될 거야. 두고 봐."

빵이라도 있었으면 입 안에 남아도는 지독한 담배 맛을 가시게 할 수 있으련만, 빵을 다 먹어 버렸다. 빵점과 혹과 슈크르트 냄새의 못 말리는 짬뽕에 이제 담배까지 보태졌다. 마르고는 자리에서 일어나 흡연 동아리 아이들과 함께 체육 수업을 하러 체육관 쪽으로 터벅터벅 걸어갔다. 운동을 하니 차라리 슈크르트를 먹는 편이 나을 것 같았다. 하지만 어디까지나 시간표에서 갇혀 사는 포로 신세인 이상, 시간표에 '체육' 이라고 적혀 있다면, 일단은 뛰고 달리고 움직여야만 했다.

마르고는 체육 선생님이 매시간마다 보여 주는 연속 동작들을 따라 하는 것이 좋았다. 재즈 댄스가 무척 맘에 들었다. 하지만 오늘따라 다르고의 두 다리는 축축 처졌고, 두 팔은 허우적댔고, 몸은 한없이 늘어지기만 했다. 두 발은 따라서 해야 할 시범 동작과 따로 놀았고, 머릿속은 엉뚱한 동작들을 연결시켰다. 바로 그 순간 선생님이 마르고를 호명했다. 반 친구들이 보는 앞에서 처음부터 끝까지 연속 동작들을 다시 해 보라는 명이 떨어졌다. 마르고는 아예 첫 동작부터 생각나지 않았고, 중간 부분에서 마구 헤매다가, 결국에는 끝을 맺지 못했다. 처음에는 의아해하다가, 점점 더 짜증에, 분노에, 모욕감마저 느끼게 된 선생님은 마르고를 호되게 꾸짖었다.

"집중을 해야 할 것 아니야, 집중을. 체육이 무슨 장난인 줄 아나! 신체를 다스리는 막중한 훈련이라고. 너희들, 체육 시간에는 빵점 같은 것 없으리라고 생각했다가는 큰 오산이다. 수학, 국어, 역사 못지않게 체육도 철저히 복습해야 하는 과목이라고. 다들 집에서 연속 동작들을 열심히 연습해 왔!"

마르고는 자동인형처럼 터덜터덜 국어 교실로 향했다.

'여기서만은 별 탈 없겠지. 적어도 우리 나라 말은 할 줄 아니까.'

더 이상의 재난은 감당할 기운이 없었다.

"지난주에 보았던 시험 결과를 알려 주겠다."

점수가 짜기로 유명한 '말도네'* 선생님이 싸늘하고 위협적인 어조로 말했다.

"정말 실망이다. 이건 도저히 중학생 수준이라고 할 수 없는 점수들이다. 너희들은 중학생이 될 자격도 없는 놈들이야. 정신 똑바로들 차려! 여기가 무슨 초등학교인 줄 아나? 너희들 장래가 걸려 있단 말이다."

선생님이 한바탕 훈계를 늘어놓는 것이 처음은 아니었지만, 훈계 끝에 점수라는 물증을 들이대긴 이번이 처음이었다.

마르고는 자신 있었다. 틀린 것도 몇 개 있겠지만 적어도 반 이상의 문제들은 제대로 맞혔다고 확신했다. 이름과 점수가 적힌 조그만 쪽지 한 장이 선생님의 손에서 스르르 미끄러져 마르고의 책상 위로 내려오다가 나비처럼 나풀거리며 바닥에 떨어졌다. 마르고는 허리를 굽혀 쪽지를 주웠다. 점수를 확인했다.

'마르고 멜로: 5 = 0.'

가슴에 비수가 꽂혔다.

"이럴 리가!"

까만색보다 더 눈앞이 깜깜해지는 상태도 있을까? 마르고의

---

* 프랑스 어 '말도네' 라는 이름에는 '인색하다' 는 의미가 담겨 있다.

기분은 참담하고, 쓰디쓰고, 울적하고, 암울한 검정색이었다.

"채점 방식을 설명한다."

말도네 선생님은 시험이 여덟 문제였다고 하면서, 시커먼 칠판에 다음과 같이 썼다.

정답 0개 = −1점에 벌칙 부과

정답 1개 = −1점에 벌칙 부과

정답 2개 = −1점에 벌칙 없음

정답 3개 = 0

정답 4개 = 0

정답 5개 = 0

정답 6개 = +1

정답 7개 = +2

정답 8개 = +3

마르고는 연습장에다가 채점표를 옮겨 적고 나서, 자기가 왜 0점을 맞게 되었는지를 납득하려고 애를 썼다. "다섯 문제나 맞혔는데 빵점!" 마르고의 이해 능력을 벗어나는 희한한 산출법이었다.

"최고 점수는 다섯 문항을 맞힌 0점이다. 여러분들을 칭찬할 마음은 조금도 없다. 이런 점수들로는 턱없이 부족하다. 이 첫 시험이 앞으로 여러분에게 따끔한 교훈이 되길 바란다."

'그럼 아무리 잘 해도 겨우 3점이란 말이야?'

마르고는 시름에 잠겼다. 현재 못지않게 앞날도 암담하기만 했다. 한순간 초등학교 6학년, 그 황금 같던 시절의 기억 속에 파묻혔다. 그때는 선생님의 사랑과 기대를 한몸에 받았던 그야말로 촉망 받던 학생이 아니었던가. 그러자 이번 빵점(오늘 들어 두 번째이자 태어나서 두 번째로 받는 빵점)에 더더욱 화가 났다. 마르고는 손을 번쩍 들었다.

"선생님, 각자 부족한 점을 스스로 깨닫고 반성할 수 있도록, 답안지를 돌려 주시면 안 될까요?"

마르고는 자기가 이토록 빼어난 명문장으로 이의를 제기할 수 있다는 사실이 자랑스러웠다. 하지만 선생님은 왠지 화가 난 것 같았다.

"학생! 이 시험은 단지 여러분의 수준을 알아보기 위한 참고 자료일 뿐이다. 실력 평가를 해 본 것뿐이라고. 시험지는 돌려 줄 수 없다."

선생님은 단호하게 말했다.

마르고는 더 이상은 부탁드려 볼 엄두가 나지 않았다. 하지만 마르고는 빵점에 대한 좀 더 자세한 보충 설명을 원했고, 너무도 알고 싶었다. 언니라면 경험이 풍부하니까 이런 빵점들을 해독할 수 있을지도 모르겠다는 생각이 들었다.

나머지 시간은 학생들에게 '우리들은 형편없고 멍청한 열등생들이다' 라는 사실을 주지시키는 일에 온전히 할애되었다. 그리고 그 일은 아주 만족할 만한 성과를 거두었다.

아니, 기대한 바 이상의 성과였다. 마르고의 머릿속에는 온통 '한심하고, 우둔하고, 어리석은, 바보, 바보, 바보' 라는 단어들만 왕왕 울려 댔다. 역사-지리 교실로 오면서, 마르고는 퍼뜩 기발한 생각이 떠올랐다. 흰 종이에 '심술 괴팍 단어장' 이란 제목을 쓰고 그 밑에 한 줄에 한 자씩 ㄱ, ㄴ, ㄷ을 써 내려갔다. 그러곤 이렇게 덧붙였다.

'바보, 심술 과 관련된 단어들을 아는 대로 적어 보시오.'

자기가 먼저 예가 될 만한 단어 몇 가지를 적은 뒤, 온 교실에 쪽지를 돌렸다.

깔깔거리는 웃음, 키득거리는 웃음, 소리 죽인 웃음이 여기저기서 비어져 나왔다. 역사-지리 선생님은 바로 이 교실에서 장차 세계를 뒤흔들 만한 새로운 문명이 태동하고 있다는 사실은 믿어 의심치 않았으나, 그렇다고 수업 중의 소란스러움까지 묵과할 수는 없었다.

"얘들아, 제발 말 좀 들어. 온종일 떠들어서 이제 소리 지를 기운도 없다.”

나중에는 선생님이 사정을 했다.

“그만 좀 떠들어! 제발 입 좀 다물라니까. 이렇게 빈다.”

그러다가 선생님의 태도가 돌변했다.

“이제부터 단체 기합이다. 이집트 문명 단락 전체를 한 줄도 빠짐없이 베껴 써.”

헉!

그 이집트 재앙은, 문제의 단어장이 발원지인 마르고의 책상으로 돌아오는 바로 그 순간에 일어났다. 우연히 쪽지를 보게 된 선생님이 압수하여 읽었다.

ㄱ 골 때려, 골빈, 골통, 골팍, 괴물, 괴수, 괴팍, 괴짜, 구제불능, 깡통, 꼬장, 꼰대, 꼴갑, 꼴불견

ㄴ 날도둑, 날강도, 날라리, 놀부, 늑대

ㄷ 독불장군, 돌대가리, 돌머리, 돌팍, 돼지, 똥, 또라이

ㄹ 레인맨, 룸펜

ㅁ 맹구, 맹탕, 머저리, 먹통, 멀대, 멍청이, 멍텅구리, 몰상식, 몰염치, 몰인정, 몰지각, 못말려, 무대포

ㅂ 바보, 밥맛, 밥통, 병신, 불독, 불한당, 뺀돌이, 뺑덕어멈, 뻔뻔

ㅅ   사기꾼, 사오정, 새, 새 대가리, 속물, 십술, 십통, 순악
    질, 썰렁

ㅇ   안면몰수, 야수, 야만인, 얍체, 양아치, 얼간이, 온달이,
    여우, 엽기맨, 원시인

ㅈ   주접, 주책바가지, 저능아, 지진아, 짠돌이, 짱구, 쪼다

ㅊ   천치, 철면피, 칠칠이, 치사 빵

ㅍ   팔푼이, 팍 간, 팍 쉰, 푼수, 프랑켄슈타인

ㅎ   헐크, 협오

나중에 '치사 빵'을 덧붙인 건 마르고였다. 평소에 그렇게 온
화하던 뤼롱 선생님이 분노의 화신으로 돌변했다. 학생들의 오만
불손함에 넋이 나간 것 같았다.

"아무래도 교장 선생님께 말씀드려야겠다. 이건 학교 징계위원
회 회부감이야. 주동자가 누구지?"

마르고가 머뭇거리지 않고 선선히 일어났다. 불운으로 점철된
하루의 당연한 귀결이었다— 중학교 퇴학! 차라리 아예 인생에
서 쫓겨나는 편이 나을 것 같았다.

"세 번 이상 경고를 받으면 정학 처분을 당한다는 것쯤은 알고
있겠지. 넌 벌써 그 첫 번째 경고를 받은 셈이야."

졸지에 엄청난 불행과 재난을 당한 마르고는 수치심에 가득 차

도리질을 해댈 뿐이었다. 그런데, 눈 깜짝할 사이에 선생님의 표정이 또 달라졌다. 얼굴에 살포시 환한 미소를 띄우는 게 아닌가. 그러곤 '심술 괴팍 단어장'을 다시 한 번 읽어 본 선생님은 하하 웃으면서 생각을 바꿨다.

"마르고, 다시는 수업 시간에 이러면 안 돼. 이만 됐어. 그리고 이건 네게 돌려 주마."

마르고는 뤼롱 선생님의 한 없는 너그러움에 감사하여 몸둘 바를 몰랐다. 마르고는 집에 돌아오면서 생각했다. 역사-지리 선생님 같은 분들이 계시는 한, 아무리 어렵고 힘들고 서러워도 인생은 살아 볼 가치가 있다고.

드디어 무사히 집에 귀가한 마르고는 꼬치꼬치 캐묻는 아빠의 집요한 질문을 애써 피했다.

"잘 지냈니? 무슨 일이라도 있었니?"

"아빠, 지금은 아무 말도 하고 싶지 않아요."

"뭐 좀 먹을래?"

"생각 없어요."

무슨 바람이 불었는지 생전 처음으로 언니가 기분 좋게 생글거리며 마르고에게 말을 붙였다.

"안녕, 꼬맹아?"

오늘따라 언니는 마르고의 두 뺨에 들척지근한 뽀뽀까지 해 가

며 곰살맞게 굴었다. 하지만 죽일 듯이 노려보는 마르고의 서슬
에, 언니는 그만 슬슬 뒷걸음질을 치며 물러났다.

마르고는 방에 가방을 내려놓고 뤼롱 선생님께 바치는 새로운
단어장 작성에 몰두했다.

'천사 단어장.'

ㄱ   감동적인, 감미로운, 고결한, 고귀한, 고매한, 고상한, 고
     운, 공명정대한

ㄴ   나긋나긋, 너그러운, 눈부신

ㄷ   다정다감, 달콤한, 따사로운, 따봉

ㄹ   룰루랄라

ㅁ   멋진

ㅂ   부드러운

ㅅ   사근사근, 사랑스런, 상냥한, 성스러운

ㅇ   아름다운, 온유한, 온화한, 완벽한, 위대한, 우아한, 이상
     적인, 인자한

ㅈ   자비로운, 자상한, 자애로운, 짱, 지혜로운

ㅊ   찬란한, 친절한

ㅋ   쿨

ㅍ   포근한

ㅎ　행복한, 환상적인, 환한, 황홀한, 훌륭한

그런데 ㅌ이 뭉텅 빠져서 행복 단어장에 불화의 씨를 남겼다!
빈 칸 없는 완벽한 행복 단어장을 만들고 싶었는데 ㅌ이 행복을
방해했다. 사전에서 ㅌ자로 시작되는 단어들을 하나하나 찾아보
았지만 허사였다. 마르고는 앞으로 ㅌ은 글자로 쳐 주지도 않겠
다고 단단히 결심했다. 똑같이 단호한 태도로, 나머지 숙제들도
해 나갔다. 혹독한 하루를 겪고 난 뒤, 마르고의 마음은 일종의
소강 상태로 접어들었다.

저녁을 먹으면서 마르고는 감정을 추스린 채 무덤덤한 어조로
그 날의 참변들을 털어놓았다.

"걱정 마! 사노라면 나쁜 날도 있고 좋은 날도 있지 뭐. 곧 익
숙해질 거야."

엄마가 그 말만 하지 않았어도, 그토록 마르고가 노아의 방주
를 띄워도 될 만큼 눈물을 펑펑 쏟으며 꺼이꺼이 울지는 않았을
텐데.

4

마르고는 거울 앞에 서서 머리를 빗으면서 스스로를 다독거렸다.

'새 날이 밝았어. 과거는 과거일 뿐이라고.'

그러자 이상하게도 턱없는 자신감이 솟구쳤다. 마르고는 푸짐한 아침으로 든든히 배를 채웠다. 오렌지 주스, 시리얼, 바나나, 우유와 토스트…… 점심 급식 메뉴로 실망하게 될지 모를 만일의 사태에 대비하여, 에너지를 비축하려는 것이었다. 어깨에 가방을 둘러메었다. 이제부터 마르고는 노새, 가방은 마르고가 끌고 다녀야 할 짐수레였다.

곳곳에서 튀어나온 개들이 보도 위에다 마구 실례를 범해도,

오토바이들이 귀청이 터질 듯한 굉음을 쏟아내고 성마른 자동차 족들이 경적을 울려 대도, 마르고의 상쾌한 기분은 조금도 손상되지 않았다.

"기분이 좋다는 건 정말 소중한 거야. 절대로 망가뜨리지 말아야지."

운동장에서 드니즈가 마르고의 왼쪽과 오른쪽, 다시 또 왼쪽 뺨에 정확히 조준하여 거푸 세 번 입을 맞추면서 반갑게 맞아 주었다. 그러곤 드니즈가 늘 아침마다 하는 뽀뽀 세례가 이어졌다. 카트린의 양쪽 뺨에 두 번, 다니엘에게 세 번, 니콜과 에스텔에게는 너댓 번이나. 간혹 남자 아이들에게도 주저 없이 뺨을 내주는 여자 애들도 더러 있었지만, 마르고의 뺨은 아직은 성별을 가렸다.

드니즈가 마르고한테 속닥거렸다.

"니콜은 남자 애들과도 뽀뽀를 하다니, 정말 맘에 안 들어!"

"뭐! 자기 맘이지……"

마르고는 조금은 부러운 마음으로 한숨을 내쉬었다.

마르고는 역사 수업에 들어갔다. 지난일일랑은 깨끗이 잊었다. 그 바람에 오늘 아침은 정식 학급 대표들을 뽑는 날이란 것조차 잊고 있었다.

'무슨 일이 있더라도 이 잡역부 신세는 이제 그만 걷어치우고 말 테야. 이만하면 나도 할 만큼 했어. 매일 공책 걷어서 낑낑거리며 들고 다니고, 걸레만 지켜보고 있다가 때 되면 빨아 오고, 분필 찾아오고……'

뤼롱 선생님이 자유, 평등, 박애에 관한 감동적인 연설을 해주었다.

"오늘은 학급 대표를 선출하는 날이다. 너희들의 대변인 역할을 하게 될 대표를 뽑는 거지. 누구라도 후보에 오를 수 있어. 대표는 여학생 한 명, 남학생 한 명, 이렇게 두 명이어야 해. 이번 선출을 통해 우리는 많은 것을 배울 수 있을 거야. 민주주의를 익힐 수 있는 값진 경험이니까. 그리고 학생들 각자도 학급 대표들이 맡은 책임을 잘 수행할 수 있도록 도와 주는 역할을 배울 수 있지."

"학급 대표는 무슨 일을 해요?"

자크가 물었다.

"학기마다 한 번씩 학습 심의회에 참석하여, 학생들의 의견을 학교에 전달하는 일을 한다. 무엇보다도 동급생들의 입장을 대변하여 결의된 사항들을 심의회에 보고하는 역할이지. 또 학습장이며 출석부를 책임져야 하고. 자, 자진해서 입후보할 사람 누구 없을까? 먼저 여학생들한테 우선권을 주기로 하자!"

손을 드는 아이가 하나도 없었다. 순간 팽팽한 긴장감이 교실에 감돌면서 침묵이 마치 보이지 않는 적군처럼 주위를 에워쌌다. 뤼롱 선생님은 기다렸다. 완강한 침묵에 압도된 채 무력하게.

마르고는 잠시 생각에 잠겼다.

'선생님께 이런 식으로 보답할 수는 없어. 전체를 위해서 누군가 한 사람은 나서야 돼. 학습 심의회에 참석해 보는 것도 그다지 나쁘지는 않을 거야.'

이런 고상한 취지가 발동하여 결국 또 마르고가 손을 들었다.

잠시 후, 여섯 명의 손이 더 올라왔다. 선생님이 칠판에 이름을 적었다. 이젠 다른 입후보자들이 생겼으니 이쯤해서 마르고는 슬그머니 기권을 해도 그만이었지만, 자신의 행동을 번복하기가 왠지 머쓱했다. 남학생들 쪽에서도 일곱 명의 후보들이 나왔다. 결국 반 아이들의 반 이상이 후보자로 나섰다!

뤼롱 선생님이 투표 용지를 돌렸다.

"선출은 비밀 투표로 한다."

선생님이 큰 소리로 한 장 한 장 개표하면서 개표 결과를 후보자의 이름 옆에 기록했다.

마르고 멜로, 마르고 멜로, 마르고 멜로, 마르고 멜로, 에스텔 트리에스티, 마르고 멜로, 카트린 라로크, 자크 비롱, 자크 비롱, 마르고 멜로. 그렇게 하여 마르고가 열아홉 표라는 압도적인 지지를 받아 다른 후보자들을 누르고 대표로 선출되었다. 남학생들 중에서는 자크 비롱의 표가 과반수를 차지했다.

수업이 끝난 뒤 자크와 마르고가 맡은 바 소임을 나눠 들고 나가다가 낙선된 후보 한 명과 마주쳤다.

"안녕 엄마, 안녕 아빠!"

장이 빈정거렸다.

'출발이 좋군.'

마르고는 생각했다.

마르고는 남다른 각오로 대표의 역할을 마음 속에 새겼다. 그저 뽑아 줘서 한다는 수동적인 대표로 머무를 게 아니라 학급에 무언가 실질적인 도움을 줄 수 있는 대표가 되어야겠다고 다짐했다. 공교롭게도 다음 시간은 존경하는 수학 시간이었다. 마르고는 다시 쪽지를 돌렸다. 이제 쪽지 돌리기는 마르고의 전매 특허가 된 셈이다. 우선 서두에 유권자 여러분의 신망과 성원에 감사드린다는 인사말과 함께 다음과 같이 포부를 밝혔다.

"모쪼록 여러분들을 실망시키지 않도록 최선을 다하겠습니다. 우선 여러분의 이름과 주소, 전화번호 등 몇 가지 필요한 사항을 적어 줄 것을 부탁합니다. 이를 복사하여 방과 후의 비상 연락망으로 사용할 생각입니다. 필요하면 언제든지 전화 주십시오."

그러곤 바로 아래에 시범 삼아 자기의 이름과 주소, 전화번호를 적었다.

책상에서 책상으로 줄줄이 전해져서 마르고의 책상으로 되돌아온 쪽지에는 단 한 명의 이름만이 빠져 있었다. 그 무명씨는 나중에 마르고한테 통고했다.

"난 엄마 아빠랑은 놀기 싫어."

다음 시간에 마르고한테 새로운 아이디어가 떠올랐다. 마르고는 또다시 설문지를 돌렸다.

"중학교 생활을 개선할 수 있는 방안이 무엇이라고 생각하나요?"

수업이 끝날 즈음 마르고는 설문지를 돌려받았다. 거기에는 다음과 같은 의견들이 적혀 있었다.

1. 선생님들을 갈아치우자.
2. 선생님들을 쫓아 내자.
3. 선생님들을 죽이자.
4. 숙제를 없애자.
5. 시험을 없애자.
6. 자습실을 없애자.
7. 수업을 없애자.
8. 가방을 던져 버리자.

9. 책을 팽개쳐 버리자.

10. 연필과 펜과 파일을 내다 버리자.

11. 학교 식당 대신, 패스트푸드 점을 세우자.

12. 체육 시간을 없애자.

13. 체육 시간을 늘리자.

14. 노는 날을 주 3일로 하자.

15. 노는 날을 주 4일로 하자.

16. 노는 날을 주 5일로 하자.

17. 노는 날을 주 7일로 하자.

18. 단체 여행을 가자.

19. 각자 여행을 가자.

20. 학급 대표들을 몰아 내자.

그렇다고 해서 기가 꺾일 마르고가 아니었다. 마르고는 또다시 통신문을 띄웠다.

"우리는 좀더 차분한 마음으로 토론해 볼 필요가 있어. 수요일 오후 2시에 우리 집에서 제1회 학급 회의를 열기로 하자."

집에 돌아오자마자 마르고는 타이핑을 시작했다. 손가락으로 한 글자 한 글자를 떠듬떠듬 찍어 가며 1학년 6반의 주소록을 만들었다. 2시간 30분이 걸렸다. 언니가 자기 경험담을 들추어 낼

절호의 찬스를 놓칠 리가 없었다.

"있잖니, 난 중학교 1학년 때 출세하려고 너처럼 기를 쓰지 않아도 됐는데."

"그래, 잘났어!"

마르고가 쏘아붙였다.

내일까지 내야 할 작문 숙제를 할 시간도 빠듯했다. 마르고는 마지못해 예의 그 '150 내지 300단어 채우기'를 시작했다. 갑자기 혜성처럼 영감이 떠올라 마르고의 손을 이끌었다. 단숨에 한 장이 빼곡히 채워졌다. 마지막 말을 맺고 나서, 단어를 세어 보았다. 294단어 — 정확하게 '150에서 300 사이'였다.

"아빠, 어디 가면 복사할 수 있어?"

"우체국에 가면, 한 장에 50상팀씩 하는 복사기가 있어."

아빠가 일러 주었다.

마르고는 학교 가는 길에 우체국에 들렀다. 모아 두었던 비상금을 몽땅 복사기에 털어 넣은 대가로 스물네 장의 주소록 복사본을 얻었다. 마르고는 나중에 따로 아이들한테 제작비 협조를 부탁하기로 했다.

그 비싼 주소록을 배부한 대가로, 마르고는 지불 약속 여덟 건, 즉각 지불 일곱 건, 어깨 으쓱 세 건, 그리고 여섯 건의 쓸쓸한 뒷말을 들었다.

"난 그런 것 부탁한 적 없어!"

"머저리들의 주소 따위는 알고 싶지 않아."

"그런데 써 버릴 돈은 없어!"

"도대체 네가 뭔데 그래?"

"웬 참견이야?"

"온종일 보는 것만으로도 충분해. 저녁까지 네게 전화 걸 일은 없어."

마르고는 자기의 시간과 돈을 몽땅 쏟아 붓고도 이토록 악의에 찬 반응을 얻게 될 줄은 미처 생각지도 못했다. 하긴, 이런 생생한 신상 자료들을 낱낱이 파악할 수 있게 되었으니 아주 쓸모 없는 일만은 아닌 것 같았다. 넘쳐나는 의욕에 찬물을 뒤집어쓴 듯한 엄청난 타격이었다. 선생님들의 주소록도 작성하겠다는 포부는 미련 없이 접었다.

'아이들을 만나 본 뒤에 차차 생각해 보자.'

마르고는 이렇게 결론지었다.

학급 모임을 갖기로 한 수요일, 마르고는 간식거리를 사러 나갔다. 마르고가 나가고 나서 10분 뒤에, 마르고네 집에 전화가 울렸다. 숨넘어갈 듯한 다급한 목소리로 멜로 부인을 찾는 전화였다.

"마르고 어머니 되시나요?"

호출당한 '어머니'는 가슴이 울렁거리기 시작했다. 마르고가 차에 치였거나, 개에게 물렸거나 어느 부랑배에게 해코지라도 당했거나 아니면 셋 다일 것만 같았다. 잔뜩 겁을 먹은 채 기어들어가는 목소리로 간신히 "네"라고 대답했다.

"아, 그러시군요. 저는 마르고와 같은 반 친구인 카미유의 엄마예요."

"휴, 맙소사. 전 우리 마르고한테 무슨 큰일이라도 생긴 줄 알았어요. 마르고가 방금 전에 잠깐 나갔거든요."

"어머나, 놀라시게 해서 미안해요. 저기 다름이 아니라…… 부탁드리기가 참 난감한데, 너무 엄청난 부탁이라서요. 저로서는 더 이상 어떻게 해야 할지, 누구에게 도움을 청해야 할지 몰라서, 실례를 무릅쓰고 이렇게 전화를 드렸어요. 하지만 굉장히 중요한 일이고 또 마르고 어머니라면 도움을 주실 수 있을 것 같아서요."

"도울 수 있다면 얼마든지 도와 드려야죠."

"그렇게 해주신다면 너무너무 고맙고요. 이 일로 폐를 끼치거나 피해를 드리는 일이 없도록 각별히 조심할게요. 워낙 염치 없는 부탁이라서요."

멜로 부인은 조급증이 일기 시작했다.

"주저 마시고 말씀해 보세요."

"저기 있잖아요, 제 딸아이가 목에서부터 허리까지 깁스를 하고 있거든요. 그래서 벌써 한 해나 낙제를 했는데 아직도 수업에 어려움이 많아요. 딸아이는 불만이 이만저만이 아니에요. 옴짝달싹도 못 하게 만드는 깁스 때문에 제대로 공부할 수가 없다고요."

멜로 부인은 카미유의 딱한 사정에 마음이 아팠다. 마르고가 왜 그런 말을 전혀 하지 않았는지 의아했다.

"제가 무엇을 도와 드리면 좋을까요?"

"염치 없는 부탁을 드려서 죄송해요. 정말이지, 너무너무 큰 도움이 될 거예요."

"원, 별 말씀을!"

"달리 어쩔 도리가 없었다는 것을 부디 헤아려 주셨으면 해요."

멜로 부인은 그토록 굉장하고, 엄청나고, 특별한 도움이 도대체 뭐기에 그러는지 궁금하기 짝이 없었다.

"격정 마세요, 카미유 어머니."

"다름이 아니라, 아까도 말씀드렸듯이, 카미유가 수업을 따라가거나 필기를 하는 데 어려움이 많거든요. 집에서 따로 과외를 시키는데도 성적이 썩 좋지 않아요. 카미유는 경증 장애아들을 위한 특수 학교에 가고 싶어 하지만, 저희 생각으로는 스스로 어려움을 이겨 내고 정상적인 수업을 받는 것이 훨씬 더 나을 것 같다고 생각해요."

"이해해요."

멜로 부인은 뭘 이해해야 하는지도 모른 채 무조건 맞장구부터 치고 보았다.

"이해하시겠지만, 한창 자랄 나이라서, 얘도 하루가 다르게 부쩍부쩍 몸이 커져요. 벌써 남학생들의 시선도 의식하고요. 그런데 그런 갑옷을 두르고 살아야 하니…… 스스로 제 처지를 이해하고 받아들이도록 백방으로 애는 쓰지만, 어쩜 그렇게 부모 속을 몰라 주는지 원!"

멜로 부인도 답답하기 그지없었다. 부엌에서 그라탱 타는 냄새가 온 집 안에 진동하기 시작하는 바람에, 과연 어떤 상상을 초월하는 도움을 청하려고 이러나 하고 상상해 볼 여유가 없었다. 당장 알아야만 했다.

"저희가 어떻게 도와 드리면 좋을까요, 카미유 어머니?"

"저기…… 꼭 필요한 일인데…… 아니면 군이 이렇게 부탁을 드리지도 않았을 거예요."

"제발 걱정 마시고, 말씀해 보세요."

"그러지요!"

카미유의 엄마는 크게 한숨을 쉬면서 말문을 열었다.

"잠시 마르고의 체육 공책과 역사-지리 공책을 좀 빌릴 수 있을까요? 몇 시간이면 돼요. 공책을 베끼자마자 원본 그대로 깨끗하게 돌려 드릴게요. 약속해요. 저희에게는 정말로 중요한 일이랍니다!"

멜로 부인은 자기 귀를 의심했다. 별것도 아닌 이런 부탁을 하느라 그토록 서두가 길었다니!

"그럼요, 별일도 아닌걸요. 얼마든지 빌려 드리지요!"

"어머, 너무 고마워요, 마르고 어머니. 이 은혜는 잊지 않을게요. 따님에게 너무 폐가 되지 않았으면 좋겠네요!"

"원, 폐라니요. 오늘 숙제도 벌써 다 했는걸요, 뭘."

"15분 후에 공책을 가지러 가도 될까요?"

"그럼요."

멜로 부인은 집의 위치를 알려 주었다.

"그런데 아무래도 마르고가 들어올 때까지 기다리는 편이 나을 것 같네요. 그럼 직접 공책을 전해 드릴 수 있을 테니까요. 한 30분쯤 있으면 들어올 텐데……"

"아, 그럼 30분 후에 찾아뵐게요. 어휴, 고마워서 어쩌지요?"

"고맙긴요. 그럼 나중에 봬요."

"다시 한 번 감사드려요. 이따 봬요."

멜로 부인은 좀 전의 통화로 마음이 심란했다. 과자 봉지를 한 아름 들고 부엌으로 들어서는 마르고에게 전했다.

"카미유 엄마가 전화하셨더라. 조금 있다가 네 공책을 빌리러 오시겠대."

"으, 안 돼!"

마르고가 신음 소리를 냈다.

"안 되다니?"

엄마가 따져 물었다.

"아니 왜?"

"걘 보는 애들마다 공책 빌려 달라는 소리만 한단 말이야."

"그런데도 애들이 안 빌려 줘?"

설마 하는 표정으로 엄마가 놀라서 물었다.

"으응. 있잖아, 사실 걔는 좀 그래. 너무 딴청만 피우거든. 공부 시간에 집중해서 듣기만 해도 될 일을 가지고!"

"하지만 깁스를 했으니 그럴 만도 하지."

"깁스라니?"

"어머, 너 몰랐어? 여기서부터 여기까지 온통 깁스를 했대."

멜로 부인은 엉덩이에서부터 목까지를 가리켰다.

"몰랐어. 걘 조금도 그런 내색을 하지 않았어."

마르고가 털어놓았다. 공책을 빌려 주려 하지 않았던 것이 너무도 부끄러웠다. 마르고는 얼른 공책을 가지러 갔다. 마르고가 공책을 갖고 나오는데 벨이 울렸다. 카미유와 카미유 엄마가 현

관에 서 있었다.

마르고는 너그러운 마음으로 앞으론 성심성의껏 도와 주겠다고 약속했다.

카미유 엄마는 마르고에게 고맙다는 인사를 전했다.

"얘는 작문이 가장 어렵댄다. 마르고, 넌 작문도 참 잘 하는가 보더라."

"아직 작문 숙제는 돌려받지도 못했는걸요, 뭘. 카미유, 학급 모임에 올 거지?"

"아니, 난 공책을 베껴야 해."

"더 이상 폐를 끼치기 전에 우린 그만 가 봐야 할 것 같구나."

"그럼 내일 봐. 그리고 앞으론 부탁할 일이 있으면 주저 말고 얘기해."

"고맙다. 정말 고맙다."

카미유 엄마는 아예 노래를 불렀다.

마르고는 4시 반까지 기다렸으나 아무도 오지 않았다. 전화를 한 아이도, 벨을 누른 아이도 없었다. 학급 분위기를 바꾸고 학교 생활을 개선하고자 했던 취지는 열띤 토론에 붙여져 바람을 쐬고 활기를 띠기는커녕, 마르고의 머릿속 구상으로 그칠 운명에 처했다. 마르고는 아무 맛도 느끼지 못한 채 애꿎은 과자만 와작와작 씹으면서 마음을 달랬다.

5

마르고는 여름 뙤약볕에 시들어 가는 들꽃들을 주워 담듯, 반
친구들의 심드렁한 변명들을 접수했다.

"까먹었어."

"테니스 수업 때문에 못 갔어."

"발레 레슨이 있었거든."

"교정 때문에 치과에 갔어."

"아코디언 레슨이 있었어."

"청소하느라 못 갔어."

"청소?"

"응, 수요일은 우리 집 대청소 날이거든."

"난 아빠랑 시장 갔어."

마르고가 한 아름 따 모은 변명들 속에는, 병원, 형제자매, 축구, 건망증, 할머니, 음악 레슨, 문화회관 등 별별 핑곗거리가 다 들어 있었지만, 가장 큰 이유는 무엇보다도 무관심이었다. 그 중에서도 가장 야속했던 것은, 제일 친한 친구라는 드니즈가 둘러 댄 변명이었다.

"뭉그적거리다가 못 갔어!"

같이 학급 대표를 맡고 있는 자크는 한술 더 떴다.

"모여서 뭐 하게!"

'아이들은 아무런 관심도 없어!'

마르고는 깨달았다.

'1학년 6반 아이들의 관심을 모을 수 있는 방법을 찾아보아야 해.'

마치 오늘의 요리를 선보이는 주방장처럼, 국어 선생님이 아이들에게 작문 숙제를 돌려 주었다. 선생님은 자신이 손본 교정에 대해 자부심이 대단했다. 마르고는 그토록 정성들여 써 낸 깨끗한 원고가 온통 새빨간 줄투성이가 된 것을 보고 깜짝 놀랐다. 자기가 쓴 글의 반 이상이 굵직한 빨간 수성 펜으로 가차 없이 지워져 있었다. 아예 제목은 무려 일곱 개의 빨간 사선들로 그야말로 완전 작살이 났다. 그러곤 '너희가 공포를 아느냐?' 라는 제목 대신에, '음악 고등원 경연 대회에 대하여' 라는 새 제목이 당당히 그 자리를 차지하고 있었다. 칸 나눠진 초등학생용의 커다란 공책은 세로줄에, 가로줄에, 여기저기 휘갈겨 쓴 잡다한 글씨들의 무차별 공격으로 형체를 알아보기 힘들었다.

말도네 선생님은 작문 숙제의 채점 방식을 설명하기 시작했다.

"이제부터 여러분은 차례대로 자신이 쓴 작문을 발표한다. 그리고 여러분 스스로가 가장 훌륭한 글을 가려 내는 것이다. 과반수의 지지를 받아 뽑힌 글에는 가산점 1점이 붙는다. 그리고 사분의 삼 이상의 지지를 받은 글은 가산점 1점이 더 붙는다. 낭독 순서는 알파벳 순으로 한다."

그 많은 글들을 하나하나 듣고 있기란 여간 고역스런 일이 아니었다. 아이들은 한결같이 밋밋하고 감정 없는 목소리로 낭독했다. 마르고는 자기 차례가 되자, 한껏 감정을 잡고는 되도록 큰 목소리로 읽으려고 노력했다. 언니가 연극 연습을 할 때마다 상대역의 대본을 읽어 주었던 덕분에, 연기 경험은 누구보다 풍부했다. 언니네 연극부에서 상연했던 「대머리 여가수」「청혼」「가방 없는 여행」은 대본 없이도 줄줄 외울 정도였다. 마르고의 낭독은 졸고 있던 1학년 6반 아이들을 다 깨웠다. 반 아이들 전원의 만장일치로 마르고의 글이 가뿐하게 장원으로 뽑혔다. 장마저 마르고의 글에 손을 들어 주었지만, 한 마디 야유는 잊지 않았다.

"속 시원하냐, 말총머리?"

덕분에 마르고의 점수는 16점에 가산점 2점이 보태어져 20점 만점에 18점이 되었다. 마르고는 자기가 거둔 혁혁한 승리를 아빠에게 자랑스럽게 내보였다. 아빠는 잔뜩 기대에 부풀어 선생님이 고친 부분들을 읽었다.

'이제 곧 비올라 경연 대회가 시작될 것이다. 내 차례는 네 번째였다'라는 첫 문장은 빨간 수성 펜으로 무참히 지워져 있었다. 대신 '나는 고등 음악원에서, 비올라 부문 선발 시험을 치러야 했다'라고 쓰여 있었다.

"아니 선발 시험이라니? 그건 학년 말에 본 경연 대회였잖아."

아빠가 분개해서 소리쳤다.

마르고는 어떻게든 아빠의 주의를 분산시켜 노트를 도로 빼앗아 보려고 애를 썼다.

"상관없어, 아빠. 굳이 읽지 않아도 돼. 어쨌든 18점을 받았으니까!"

"하지만 이렇게 고친 글보다 원래 네 글이 훨씬 나은걸. '심사 위원 가운데 한 분이 대뜸 첫 번째 응시자를 지명했다. 난 온몸이 사시나무처럼 떨렸다.' 아니, 선생님은 이걸 왜 지우셨지? 게다가 '너희는 아는가, 그 15분 동안의 공포가 어떤 것인지?'를 '내

87

가 겪은 그 15분은 너무도 끔찍했다'로 고치다니. 무슨 권리로 맺음말까지 마음대로 바꾸시지? 아무래도 내가 선생님을 한번 만나봐야겠다."

멜로 씨가 불끈거렸다.

"제발, 아빠!"

마르고가 사정했다.

"별일 아닌걸 뭘. 다음 번에는 꼭 선생님 맘에 들게 쓸게."

"아무렴, 그래야겠지, 정확하게!"

멜로 씨는 분통이 터졌다.

"걱정 말래도!"

아빠가 홧김에 내뱉은 '정확하게!'라는 그 말이 무슨 의미였는지도 모른 채, 마르고는 아빠를 안심시켰다.

정확하게, 두 번째 작문 숙제인 또 다른 15분 간의 체험기를 쓰려는 바로 그 순간, '정확하게, 정확하게, 정확하게'라는 그 말이 마르고의 머릿속에 윙윙거렸다. 마르고는 초등학교 6학년 말, 담임 선생님과 헤어지는 게 슬퍼서 눈물이 북받쳤던 순간을 썼다. 하지만 글이 마음에 들지 않았다. 다시 썼다. 제목은 '생각을 찾아서'라고 정했다. 마르고는 선생님의 가르침에 각별히 유념하여 선생님의 요구 사항에 맞춰서 작문을 지었다. '정확하게!'

선생님께 숙제를 제출하기 전에 마르고가 니콜에게 넌지시 물었다.

"작문 숙제했니?"

"아 참! 까먹었다. 오늘 오후까지잖아! 어떡하지?"

"12시에서 2시까지 시간이 비니까 그때 쓰면 되잖아."

"안 돼. 숙모님 댁에 잠깐 다녀와야 해."

"있잖아, 난 두 개나 썼거든. 하나 너 줄까?"

"휴, 살았다!"

"하지만 글씨체가 달라야 하니까 네가 다시 베껴 써야 해."

"알았어. 고마워!"

국어 시간에 마르고가 나직이 물었다.

"다 베꼈니?"

"아니, 시간이 없어서 네 이름만 살짝 지웠어."

마르고는 좀 걱정이 되었다. 선생님이 자기의 글씨나 문장을 알아보면 어떡하지?

"에라, 모르겠다. 어떻게 되겠지 뭐."

한 남학생이 이름도 안 쓴 채 작문 숙제를 냈다.

"그러니까 나더러 자네의 그 명필과 명문장만 보고 누구 글인지를 알아맞히라는 소린가?"

선생님이 남학생의 작문을 돌려 주면서 빈정거렸다.

'휴! 그렇다면 안심이다.'

마르고는 생각했다.

피에르는 만년필에 힘을 주어 급하게 이름을 썼다. 그 바람에 종이에 잉크가 번져서 글씨를 알아보기가 힘들었다.

"그 만년필 이리 내놔!"

피에르는 어쩔 줄을 몰랐다. 그것은 아빠가 '좋은 연장이 좋은 일꾼을 만든다'고 하시며 피에르에게 주었던 고급 만년필이었다. 일부러 이름을 번지게 한 것도 아니건만 만년필까지 압수당하려니, 너무나 서럽고 억울했다.

선생님은 만년필을 빼앗아 짜증스럽게 쓰레기통에 던져 버렸다. 피에르는 더 이상 수업에 몰두할 수가 없었다. 자꾸 쓰레기통으로만 눈길이 갔다.

끔찍하고 기나긴 한 시간이 끝나고 종이 울렸다. 반 아이들이 우르르 몰려나가느라 와자지껄한 틈을 타서, 카미유가 재빨리 쓰레기통을 뒤져서 만년필을 찾아 냈다. 그러곤 얼른 피에르를 쫓아갔다. 피에르는 빨개진 눈으로 친구들의 위로를 받고 있었다.

"선생님, 정말 야비하다!"

"뭐 저런 선생님이 다 있담!"

카미유가 피에르의 어깨를 두드렸다.

"자, 네 만년필!"

"아, 정말 고마워, 카미유."

피에르는 그제야 휴, 하고 숨을 내쉬었다.

"카미유, 만세. 정말 용감했어!"

마르고가 카미유를 치켜세웠다.

"그래도 우리 1학년 6반이 아주 형편 없는 반은 아니야."

"너도 올래? 다음 주 수요일 우리 집에서 내 생일 파티를 하거든."

다니엘이 마르고에게 물었다.

"글쎄, 잘 모르겠어. 치과에 가야 하거든."

마르고는 거짓말을 했다. 다니엘은 남자 아이들한테 가장 인기 있는 여학생이었다. 마르고는 남학생들이며 파티라면 왠지 겁부터 났다.

"가!"

언니가 막무가내로 떠밀었다.

"남자 애들이 널 잡아먹기라도 할까 봐 그러니? 나도 너만할 때, 생일 파티라면 빠지지 않고 갔었어."

"아니 왜 안 가?"

엄마가 물었다.

"초대를 거절하다니 영문을 모르겠네. 누가 알아, 파티가 재미있을지?"

"케이크도 있을 텐데!"

언니가 꼬드겼다.

그 중 가장 귀가 솔깃해지는 말이었다. 그러면서도 누군가 가지 말라고 말해 주기를 바랐다.

"아빠, 아빠도 내가 그런 파티에 가야 한다고 생각해?"

"글쎄, 네가 가고 싶으면 가는 거고 아니면 마는 거지, 뭐."

"휴, 도대체 도움이 안 된다니까!"

마르고는 툴툴거리며 여자 아이들에게 하나하나 전화를 걸어 보기 시작했다.

"여보세요, 드니즈? 근데 너, 다니엘 생일 파티에 갈 거니?"

"아직 몰라. 우리 엄마가 그러는데, 남자 애들이랑 파티를 하기엔 우리가 아직 너무 어리대."

"그래? 다행이다! 우리 엄마는 내가 꼭 파티에 갔으면 하지 뭐니!"

"좋겠다, 넌."

"근데 난 가기 싫어!"

"어머, 별일이야!"

"그럼, 너희 엄마께 그러렴. 다른 애들 엄마들은 다 허락하셨다고."

"아, 그게 좋겠다."

"난 카트린한테 전화해서 어떻게 할 건지 물어 봐야겠다."

"안녕."

"여보세요? 카트린? 파티에 갈 거니?"

"모르겠어. 글쎄 드니즈는 우리가 남자 애들과 춤을 추었으면 하지 뭐니."

"글쎄 말이야, 그래서 걱정이야! 상상이 가니? 장이나 올리비에, 프랑수아 같은 애들이랑 춤을 춘다는 게?"

"우, 닭살이다!"

카트린이 깔깔 웃었다.

"아닉은 어떻게 할 건지 알아봐야겠어."

마르고는 여자 아이들에게 차례차례 전화를 걸어 남학생들과의 섣부른 접촉으로 일어날 온갖 위험들을 한껏 부풀리면서도 댄스파티에 어울릴 의상 문제를 시시콜콜 의논했다.

1주일 동안 고민에 번민을 거듭한 끝에, 마르고는 날씨도 화창한 어느 수요일 오후 2시 곧장 다니엘네 아파트로 직행했다.

다니엘의 방은 붉은색과 초록색 등만이 희미하게 깜박거릴 뿐, 숫제 캄캄한 한밤중이었다. 다니엘은 침대와 가구들을 들어 내어 널찍한 공간을 마련해 놓았다. 그러곤 귀청이 터질 듯한 시끄러운 음악을 틀었다. 한쪽에서는 여학생들이, 또 한쪽에서는 남학생들이 춤을 추었다. 마치 시합을 앞두고 몸을 풀고 있는 양 팀의 축구 선수들 같았다.

마르고는 조금도 주눅 들지 않았다. 워낙 춤추기를 좋아했기 때문이다. 언니와도 종종 음악을 틀어놓고 방에서 신나게 춤을 추곤 했다. 게다가 한쪽에는 케이크며 과자, 사탕, 샌드위치가 상다리가 휘어지도록 쌓여 있었다. 마르고는 맘껏 먹었다.

하지만 다니엘이 음악을 블루스 곡으로 바꾸자 마르고는 공포에 사로잡혔다. 여자 아이들이 하나 둘씩 남자 파트너의 팔을 잡았다. 아더가 어깨를 톡톡 두드리자, 마르고는 마음이 놓이면서도 곤혹스러웠다. 자기한테도 누군가 춤을 추자는 상대가 나타났다는 것이 뿌듯했지만 유감스럽게도 블루스를 출 줄 몰랐다. 마르고는 고개를 저었다. 그러곤 핑곗거리를 둘러대면서 슬그머니 다니엘네 아파트를 빠져 나왔다.

언니가 기다리고 있었다.

"파티, 재미있었니?"

"블루스 추는 법 좀 가르쳐 줄래?"

"블루스는 배우는 게 아니야!"

언니가 일러 주었다.

"저절로 터득하는 거라고."

학부모와 교사들이 만나는 첫 번째 학습 심의회가 다가오자, 마르고는 어떻게든 학생들도 학교 일에 참여하도록 만들고 싶어 몸이 달았다. 그러나 달리 묘책이 떠오르지 않았다. 그 날도 왠지 조짐이 좋지 않은 날 중의 하루였다. 아침 일찍 자리에서 일어나 봤자, 기다리는 거라곤 오늘 보기로 되어 있는 수학 쪽지 시험뿐이었다. 마르고는 주섬주섬 옷을 입기 시작했다. 양말 한 짝을 신고 나서야 바지를 입지 않았다는 것을 알았다. 바지를 꿰어 입고 나자 나머지 양말 한 짝이 어디 갔는지 생각나지 않았다. 그제야 속에 아무것도 입지 않은 채 펑퍼짐한 스웨터 하나만 달랑 걸쳤다는 것을 깨달았다. 스웨터를 다시 벗고 내의와 셔츠를 입어야 했다. 차라리 일일이 동작 명령을 내리고 그걸 따르는 게 낫겠다는 생각이 들었다.

'바지 입어! 머리 빗어! 운동화 끈 묶어!'

온몸이 욱신거리고 계속 하품만 나왔다. 무사히 집을 나설 수 있다는 게 정말이지 기적 같기만 했다. 다만 '이빨 닦아'라는 명령을 까먹은 탓에, 입 안이 밀가루 반죽처럼 찐득거렸다. 수학 시험을 치를 교실에 다가갈수록, 점점 뱃속이 요동을 쳤다. 목은 꽉 잠기고 가슴이 콩당거렸다.

자리에 앉자마자, 온몸에 오스스 소름마저 돋았다. 문제를 일곱 번도 더 읽었지만 무슨 말인지 통 알 수가 없었다. 문득 옛 선지자의 말씀이 떠올랐다. '그들은 귀가 있으되 듣지 못하고 눈이 있으되 보지 못하도다.' '난, 뇌가 있으되 고장이 났도다!' 마르고는 마지막 힘까지 그러모아 최후의 명령을 내렸다. '정신 차려! 이대로 주저앉을 수는 없어. 넌 이깟 문제쯤은 얼마든지 풀 수 있단 말이야!'

"되게 어렵다, 그치?"

마르고가 드니즈에게 푸념을 했다.

"어렵긴, 거저먹기네, 뭘!"

마르고는 골백번도 더 읽으면서 끙끙거렸지만 길이 보이지 않았다. 떠오르는 해결책이라곤 오로지 비명을 지르는 길뿐이었다. '살려 줘!' 다시 한 번 문제를 들여다보았다.

'이 문제를 풀 수만 있다면, 소중한 나의 꿈 삼백쉰 가지를 몽땅 접어도 좋아. 아, 잘 가거라, 나의 찬란한 꿈들이여.'

하지만 세상의 그 무엇으로도 이 문제를 풀 수 있을 것 같지 않았다―간청하고 사정하고 협박한들, 어르고 달래고 빌붙고 초콜릿을 무더기로 떠안긴들 소용 없을 것이다. 특별히 수학적 마력을 지닌 신비의 초콜릿이 있지 않는 한 말이다. 마르고의 머릿속에서 이런 소리가 웅웅거렸다.

'이 문제를 풀지 못하면, 넌 한 마디로 구제 불능이야!'

그리고 결국 그렇게 되었다.

"에이, 설마…… 정말 이 문제를 풀 줄 모른단 말이야?"

늘 마르그의 시험지를 베끼다시피 하던 드니즈가 물었다.

마르고는 빵이란 표시로, 엄지와 검지로 동그라미를 그렸다.

속이 쓰리고 아팠다.

'왜 다들 수학에 재능이 있어야만 고귀하고, 빼어나고, 찬란하고, 위대하고, 감동적이고, 훌륭하고, 뛰어나고, 성공한 인물이라고 생각하는 것일까? 내가 보기엔, 이처럼 멍청하고 바보 같고 어리석고 한심하고 우스꽝스러운 일도 없는 것 같은데. 웬 미련한 짓이람!'

마음 같아서는 이대로 계속 수학을 수식할 만한 온갖 형용사를 하염없이 늘어놓고 싶었지만, 수학 시험을 보다가 말고 사전을 뒤적거릴 수도 없는 노릇이었다.

마르고의 푸념은 계속되었다.

'하지만 이건 순전히 내 소견일 뿐이야. 수학이 재미있다면 실컷 하라지 뭐. 안 말려. 우리 나라는 어디까지나 자유 국가니까.'

이번 시험을 계기로 적어도 마르고는 수학에 대한 심도 깊은 명상에 잠길 수 있었으니, 전혀 소득이 없었던 것만은 아니다.

'하긴, 심지어 수학에 아름다움이 깃들어 있다고 생각하는 사람들도 있으니까.'

마르고는 언젠가 수학에 심취한 어떤 수학자와 나눈 이야기가 생각났다. 그는 수학도 미술이나 음악, 역사나 문학 못지않게 경이롭다고 거듭 단언했다. 경이롭다니, 마르고는 적어도 아직까지는 그 어떤 분야도 경이로워 보이지 않았다.

'이런 데서 즐거움을 찾는 사람은 얼마나 좋을까!'

일부러 그런 것은 아니었지만, 마르고는 어쩌다 슬쩍 드니즈 쪽을 넘겨다보게 되었다. 드니즈는 무언가를 정신 없이 끄적이고 있었다. 숫자가 빼곡히 적혀 있는 드니즈의 시험지가 얼핏 눈에 들어 오는 순간, 마르고는 마치 마술처럼 문제를 이해하게 되었다. 삐리릭. 마르고의 손에 발동이 걸리면서, 연필이 바빠지기 시작했다. 수업이 끝나는 종 소리가 딩 동 댕 동 울려 퍼지는 것과 동시에, 마침내 문제의 정답이 정신을 차린 마르고의 두개골에서 시험지로 옮겨졌다.

'하, 수학도 생각만큼 고약한 건 아니네!'

마르고는 교실을 나오며 두려움을 떨쳐 냈다.

국어 시간에 불쑥, 마르고는 영감이 떠올랐다. 운명의 학습 심의회가 하루 앞으로 다가오자, 왠지 선생님들이 학생들의 성적을 매기듯 자기도 선생님들의 점수를 매기고 싶어진 것이다. 마르고는 통지표를 만들어 아이들에게 돌렸다.

"위와 같은 평가에 동의합니까? 각자의 의견을 말씀해 주십시오. 마르고."

선생님들의 중간 성적 평가도		
과목	평점 20점	평 가
국어	08	지나치게 광분하며, 벌을 너무 많이 준다.
수학	12	대체로 우수, 학생들에게 필기를 너무 많이 시킨다.
영어	16	양호하다.
역사-지리	14	상냥하다.
물리	11	보통
자연 과학	13	지나치게 엄격하며, 경험이 부족하다.
미술	0	엉뚱하고, 멍청하고, 서투르다.
가정 기술	16	양호하다.
음악	12	노력하는 편이다.
체육	15	의욕에 넘친다.

마르고에게 돌아온 쪽지에는 다음과 같은 정정 사항이 적혀 있
었다.

"국어 -1점에 벌칙 부과."

이제 곧 학습 심의회가 열릴 참이었다. 선생님들은 마치 기업
의 파산을 선고하는 재판관들처럼 일렬로 앉아 있었다. 마르고
아빠를 비롯하여 학부모들은 한결같이 심각하고 엄숙한 표정으로
회의에 참석했다. 질리 선생님이 먼저 포문을 열었다.

"1학년 6반 아이들은 흥분을 잘 하고, 자제력이 부족하며, 집중력이 현저하게 떨어집니다."

마르고는 선생님의 진단을 받아 적었다. 과학 선생님이 말을 이었다.

"6반에서는 한 번도 만족스럽게 수업을 해 본 적이 없습니다. 학생들이 줄곧 떠들기만 하니까요. 오늘만 해도 떠들다가 빵점을 받은 아이가 네 명이나 됩니다. 정말 신물이 날 지경입니다. 20년이나 교직에 있었지만 이런 아이들은 처음 봅니다. 빵점을 맞고도 실실 웃으니 말이에요. 그렇게 여유를 부릴 자격이 하나도 없는 녀석들이 말입니다. 아마도 따귀를 몇 대씩 맞아 봐야 정신들을 차릴 겁니다! 전 아이들에게 과학적 사고력을 길러 주려는 것이지 아이들과 실랑이를 벌이려고 교직에 있는 것은 아닙니다. 이런 아이들을 인솔하여 어떻게 로마까지 수학여행을 다녀올지 난감할 뿐입니다."

영어 선생님이 말했다.

"제가 보기엔 스물네 명의 학생들 가운데 여섯 명 정도는 수업을 제대로 따라갈 만한 능력이 전혀 안 되는 것 같습니다. 부모님들께서 반드시 아이들의 숙제를 일일이 검사하셔야 해요. 부모님들의 절대적 도움이 필요합니다. 도움, 도움이 말이에요!"

수학 선생님: "여섯 명은 평균 이상으로 뛰어난 반면, 여덟 명

은 평균치를 밑도는 아이들입니다. 대체적으로 아이들이 매우 산만하고, 준비가 덜 된 상태이며, 집중력이 떨어지는 편입니다. 반 전체가 두 패로 나뉘어져 있습니다. 조그만 핑곗거리만 생기면 옳다구나 하고 어떻게든 옆의 놈에게 시비를 걸고 장난을 칩니다. 그러니 어쩌겠습니까? 벌을 세울까요, 교장 선생님께 말씀을 드릴까요? 잠재력을 지닌 걸출한 아이들도 더러 있지만, 반 분위기가 늘 묘하게 돌아가다 보니 빛을 발할 새가 없지요. 어쨌거나 전 아이들을 가르쳐야만 합니다. 부모님들께서 대처 방안을 말씀해 주십시오."

선생님의 긴급 구조 요청에 한 부모가 이의를 제기했다.

"대처 방안을 강구해야 할 사람은 선생님이시지, 저희가 아니라고요!"

마르고는 열심히 궁리했다. 1학년 6반의 이 참담한 비극을 해결할 뭔가 뾰족한 방안을 찾을 수만 있다면!

친애하는 우리 6반에 대해서 선생님들이 이토록 부정적인 의견만 늘어놓으리라고는 정말 상상도 못했던 일이다. 선생님들은 한결같이 재난을 당한 표정이었다. 어떻게 이 난국을 타개할 것인가?

국어 선생님: "뛰어난 아이들 뒤에는 언제나 뛰어난 부모들이 있기 마련입니다. 반에서 열두 명 정도는 기초 학력조차 제대로

갖춰져 있지 않습니다. 작문을 할 때는 반드시 교사가 일러 준 지침을 따라야지요. 도대체 초등학교 과정에서 무얼 배웠는지 모르겠습니다. 도저히 진도를 따라갈 능력이 없는 아이들입니다. 한심하기 이를 데 없어요."

미술 선생님: "혼을 다 빼 놓을 정도로 소란스럽고 버르장머리라곤 털끝만큼도 없는 아이들이에요!"

역사-지리 선생님: "저로서는 딱히 이렇다 할 불만 사항은 없어요. 대체로 생기가 넘치며, 수업 참여율이 높은 반이에요. 늘 두세 명의 아이들이 적극적으로 나서서 다른 아이들에게 자극제가 되곤 하지요."

역사-지리 선생님의 말씀에 귀가 번쩍 뜨였다. 마르고는 그 말씀 가운데 침몰 직전의 6반을 구해 낼 실마리를 하나 찾아 낸 것 같았다.

'그래, 아이들에게 무언가 자극을 주어야 해.'

질리 선생님이 6반의 재난을 요약했다.

"6반은 아이들의 실력이 고르지 못합니다. 더러 우수한 아이들도 있으나, 수준 이하의 아이들이 너무 많습니다. 그러니 당연히 성적이 부진하지요."

선생님들도, 학부모들도, 아무도 학급 대표들에게는 질문을 던지지 않았다. 학급 대표들도 감히 어른들 말씀에 끼어들 엄두를 내지 못했다.

하지만 자크는 더 이상 잠자코 있을 수만은 없었다. 자크가 발언권을 요청했다. 자크의 부모님들은 두 분 다 나오지 못했다. 철물공인 자크 아빠는 일터를 빠져 나올 수 없었고, 엄마는 너무 바쁘셨기 때문이다.

자크가 발언했다.

"전 왜 우리가 국어 공부를 해야 하는지 알겠어요. 직장에서 사장에게 올리는 서류에 철자법이 틀리면 곤란할 테니까요."

"왜 수학 공부를 해야 하는지도 알겠어요. 사장의 회계장부에 셈이 틀리면 큰일일 테니까요, 하지만 전 우리가 왜 역사를 배워야 하는지 모르겠어요."

바로 그거야! 어쩜, 자크가 저런 말을 다 하다니. 마르고는 자크의 솔직함이 놀라웠다. 자크는 그 대답을 꼭 엄마 아빠한테 전해 주고 싶었던 것이다.

일제히 공격에 나섰던 선생님들이 다들 참호 속으로 기어들어가 버렸다. 어떻게 답변을 해야 할지 난감했던 것이다. 난처해하는 선생님들을 대신하여, 교장 선생님이 답변에 나섰다.

"그 문제는 네가 좀 더 큰 다음에 생각해 보아라."

그러자 멜로 씨가 자리에서 일어나더니 자크를 똑바로 바라보면서 이렇게 말했다.

"역사 공부를 해야만 하는 이유는 어째서 네 사장이 네 사장이 되었는가를 알기 위해서란다!"

아빠의 답변은 자크에게 역사 수업에 대한 새로운 의욕을 심어 줄 게 틀림없었다. 마르고는 그런 아빠가 몹시 자랑스러우면서도, 민중의 대변인 역할을 제대로 해내지 못한 자신이 한심하고 비겁하게 여겨졌다. 하지만 무엇부터 말해야 할지 정말이지 막막했다. 단지 '수업이 조금만 더 재미있다면 아이들이 좀더 적극적으로 수업에 참여할 것이다' 라는 말을 하는 게 고작이었다. 사실 반 친구들을 대신하여 몇 가지 점만은 꼭 짚고 넘어가야만 했다. 왜냐하면 반 학생들의 사분의 삼이나 '수준' 에 미치지 못한다면, 그것은 '수준' 탓이지 학생들 탓이 아닌 것 같았기 때문이다. 게다가 학교에서 보내는 그 길고 지루한 하루하루를 어떻게 그럴 듯한 문장으로 똑 부러지게 표현해야 할지 몰랐다. 어떻게 시간을 구걸해야 할지 몰랐다. 그냥 아무것도 안 한 채 빈둥거리면서 꿈꿀 수 있는 시간을 조금만 달라고…… 할 말이 너무도 많았는데 아무 말도 하지 못했다. 어쩌면 마르고는 반 친구들에게 회의 내용을 보고하면서, 자기가 느꼈던 이런저런 인상들을 곁들여 전할 수는 있을 것이다. 그뿐이다.

마르고는 무언가 행동으로 옮기고 싶다는 뜨거운 열망에 휩싸여 회의장을 빠져 나왔다. 하지만 어떻게?

6

엄마의 예측대로, 마르고는 자기가 벌써 팍삭 늙은 고참 중학생이 되어 버린 것 같은 기분이 들었다. 크리스마스 방학을 지내고 나자, 마르고는 완전 이골이 나고 숙달된 중학생이 되었다. 반에서 선두를 달린다고 해서 노력을 게을리하고 싶진 않았던 만큼, 마르고는 이번 크리스마스 선물이 그 어느 때보다도 맘에 들었다. 엄마 아빠가 녹음기를 사 준 것이다. 이제 시를 암송하고, 역사책을 한 단락 한 단락 읽고, 영어 문장을 반복하는 자기 목소리를 녹음기를 통하여 생생히 들을 수 있게 된 것이다. 정말 환상적인 학습 도구였다! 개학하는 날, 마르고는 녹음기를 학교에 가져갔다. 새해 첫 수업을 녹음하고 싶었던 것이다.

학교에 크리스마스 선물을 갖고 온 아이들은 마르고만이 아니었다. 219호 교실에서 영어 수업을 받는 6반 아이들 가운데 세 명은 몰래 워크맨을 듣고 있었다. 그 조그만 이어폰이 아이들의 머릿속을 음악으로 가득 채우는 바람에, 더 이상 영어는 비집고 들어올 틈이 없었다. 마치 외계의 혹성에라도 와 있는 양, 아이들은 소리 없고 들리지 않는 모종의 리듬에 맞춰 고개를 까닥거리면서, 입가엔 아리송한 미소마저 띤 채, 입 모양만 벙긋거리며 영어 단어를 따라 하고 있었다.

전자 게임기를 선물 받은 또 다른 여섯 명들은 게임기를 무릎 위에 놓고서, 책상 밑에서 조심스럽게 게임을 하고 있었다. 그 탓에 수업 내내 교실 여기저기에서 정체 모를 단발적인 전자음 소리가 계속 삐—삐— 울려 댔다. 한 아이는 그래도 착실하게 계산기로 수학 문제를 풀었다. 그런데 계산기에서 시도 때도 없이 「해피 버스데이 투 유」라는 노래가 흘러나와 간간이 주위를 황당하게 만들곤 했다. 하지만 바로 옆의 짝만은 아랑곳하지 않았다. 다행히도 휴대용 미니 당구 게임에 빠져 있었던 것이다. 아더로 말하면, 올해는 욕심내지 않고 묵묵히 새해 목표를 달성하는 일에만 매진하기로 했다. 즉, 면도칼로 책상 동강내기. 선생님은 무표정한 얼굴로 수업을 계속했고, 마르고는 열심히 녹음했다. 하지만 녹음기에는 온통 이상야릇한 정체불명의 소리들로 뒤범벅되어 있었다.

　가뜩이나 영어 선생님은 크리스마스 방학 이후로 줄곧 심기가 편치 않아 보였다. 다들 전자 활동에 여념이 없는 반 분위기로 인하여 무언가 심상치 않은 조짐이 느껴지긴 했으나, 선생님은 정확하게 그 실체가 무엇인지 감을 잡을 수 없었다. 다만 빈 허공에 대고 영어를 떠들고 있다는 느낌이 그 어느 때보다도 확연했을 뿐이다. 하긴 1학년 6반은 지금까지 가르쳐 온 그 어느 반보다도 수준 미달이긴 했지만, 그렇다고 해서 선생님의 불편한 심기가 누그러지는 것은 아니었다.

　선생님은 남쪽의 태양을 찾아서 겨울을 나려고 내려온 장모님 생각을 했다. 태양이라니! 덕분에 창창한 휴가 계획은 수포로 돌아간 채 지겹기 짝이 없던 하루하루를 되씹고 곱씹었다. 불어난 뱃살을 더듬어 보았다. 연이은 명절 동안의 폭식이 부른 한심한 귀결이었다. 끊임없이 부산을 떨어대는 이런 원숭이들을 앉혀 놓고 수업을 한답시고 허송했던 세월이 어언 몇 해던가. 돼지 우리에 진주를 던져 주는 격이었다. 선생님은 교실을 한번 휘이 둘러보았다. 그러곤 조용히 선언했다.

　"모두들 단체 기합이다. 내일은 수업이 없는 수요일이지만 너희들은 내일 아침 학교에 나와서 두 시간 동안 벌을 받는다."

　마른하늘에 날벼락도 유분수지, 아이들은 충격에 휩싸여 열중

하던 별도의 특별 활동들을 후다닥 거두어들였다. 그리고 소리 없는 경악 속에서 선생님을 멀뚱멀뚱 쳐다보았다.

갑자기 선생님이 소리쳤다.

"아니, 세 시간 동안 단체 기합이다!"

선생님은 열에 받쳐 한층 더 언성을 높였다.

"불만 있는 부모님들은 오시라고 해!"

점점 더 '화'의 강도가 더해졌다.

"불만 있는 학생들은 교장실로 가고!"

태엽을 감아야 작동되는 자동인형인 줄만 알았던 선생님이 무슨 영문인지 저절로 발동이 걸려 정신 없이 돌아가고 있었다.

"학생이라면 열심히 듣고 얌전히 공부만 하면 될 것 아냐."

선생님은 젖 먹던 힘까지 짜내어 고래고래 소리쳤다.

"내 말에 불만 있는 놈들은 나가!"

아이들은 모두 파랗게 질린 채 온몸이 마비되어 그 자리에 얼어붙었다.

"나가. 당장 나가라구. 내 말이 못마땅하면, 나가서 다시는 교실에 들어올 생각 마!"

너무나 서릿발 같은 명령이라서 따를 수밖에 별 도리가 없었다. 일제히 떼 지어 우르르 몰려 나간 아이들은 느닷없이 불어 닥친 태풍에 넋을 잃은 채, 이어지는 복도를 따라 정처 없이 걸었다.

모두들 마르고를 따라갔다. 마르고는 양지바른 운동장의 한 벤치로 가서, 무릎에 팔꿈치를 대고 턱을 고이고 앉았다. 생각을 해야 할 때마다 으레 짓곤 하던 특유의 폼으로.

한참만에 마르고가 말문을 열었다.

"있잖아, 계속 이런 식으로 지낼 수는 없어."

드디어 생각이 떠올랐다. 마르고는 큰 소리로 당당히 자기의 포부를 밝혔다.

"우리가 말도네 선생님이 허구한 날 얘기하는 2반 애들처럼 되지 못하라는 법이 어디 있니? 우리가 걔네들보다 못할 게 뭐냐고."

마르고의 말에 다들 귀가 솔깃해졌다.

"맞아."

크리스티앙이 맞장구를 쳤다.

"우리는 선생님들이 생각하는 그런 저능아들이 아니야."

"있잖아,"

마르고가 다시 말을 이었다.

"이제부터라도 열심히 공부하면 문제없어. 하지만 다 같이 해야 해! 우리 모두가 다 함께 합심해서 열심히 공부하기로 마음만 먹으면 된다니까. 우리 학교에서 가장 뛰어난 1학년들이 되기로 우리끼리 협정을 맺자."

마르고가 내뿜는 뜨거운 열기가 곧 아이들에게 옮겨졌다.

"근데 그러려면, 올해 동안 우리 모두가 잘 해야 해. 전부, 아니면 전멸이란 말이야. 우리 반에서 한 명이라도 낙제를 한다면, 우리 반 전체가 낙제를 하는 거라고!"

마르고는 성적이 뛰어난 카트린의 생각을 훤히 꿰뚫고 있기라도 하는 것처럼 덧붙였다.

"공부 잘 하는 애들은 못 하는 애들이 따라올 수 있도록 도와주어야 해. 다 함께 좋은 점수를 받을 수 있도록 말이야. 공부 잘 하는 애 한 명과 못 하는 애 두 명씩 공부 동아리를 만들 수도 있지."

"오, 예! 신난다!"

아더와 필립이 환호했다.

"잘 안 될걸."

카트린과 아닉이 일침을 놓았다.

"잘 될 거래도!"

마르고가 우겼다.

그 날 저녁, 마르고는 새로운 단어장을 작성했다. 그것은 곧 '1학년 6반의 단합'을 결의하는 선언문이자 조인서이기도 했다.

공부하자, 꿈을 이루자.

노력하자, 눈에 불을 켜자.

똘똘 뭉치자.

룰루랄라 하지 말자.

머리를 쓰자.

빈둥대지 말자.

서로 돕자, 성실하자, 실력을 연마하자.

열정, 용기, 의지, 인내를 키우자.

지혜로워지자, 집중하자.

치고받고 때리지 말자.

탄탄한 조직력을 갖추자, 텔레비전을 멀리 하자.

컴퓨터 게임을 자제하자.

판단력을 기르자, 필기를 잘 하자.

학과에 충실하자, 효율적이 되자.

이튿날, 마르고는 6반 학생들에게 결의문을 돌려서 전원의 서명을 받아 냈다. 그리고 그것을 가방 속에 있는 비밀함에 잘 간수한 뒤, 즉각 실행에 착수했다. 우선 카미유가 로마사에 나오는 연도를 잘 외울 수 있도록 도와 주었다. 1학년들은 봄에 로마로 수학여행을 가기로 되어 있다. 그러니까 로마 시대를 복습하는 것은 카미유의 로마 감상을 돕는 길이기도 했다.

"아빠, 내일 아침엔 할 일이 너무 많아요. 학교에 가서 세 시간 동안 단체 기합도 받아야 해요."

마르고가 쭈뼛거리며 털어놓았다.

멜로 씨는 단체 기합을 받는다는 소리에 깜짝 놀랐다. 단체 기합에 처해질 운명의 수요일 아침, 영어 선생님이 출석을 불렀다. '마르고 멜로' 차례가 돌아왔을 때, 선생님은 기겁을 했다. 낮고 걸걸한 웬 남자 목소리가 "네" 하고 대답했기 때문이다.

선생님은 출석부에서 눈을 떼고 수염이 텁수룩한 남자를 돌아보았다. 마르고 대신 마르고 아빠가 참석한 것이다. 선생님은 할 말을 잃었다.

멜로 씨가 선생님에게 자초지종을 설명했다.

"딸아이가 할 일이 너무 많다고 해서 제가 대신 왔습죠."

선생님은 기합을 받으러 온 어른 때문에 너무 당황한 나머지, 아이들의 해이해진 정신을 바로잡으려던 얼차려 계획을 취소하고 아이들을 풀어 주었다.

평소에는 마르고도 시험 도중에 다른 아이가 자기 답안지를 그대로 베껴 쓰는 것을 약 올라 했다. 때로는 그런 얌체족을 골려 주려고 일부러 틀린 답을 쓰려고 한 적도 있었다. 하지만 어떻게든 반 평균을 올려놓기로 작정한 이상, 마르고는 자기가 아는 것을 친구들과 나눠 갖고 싶었다. 그래서 팔뚝으로 답안지를 가리는 대신, 가능한 시험지가 잘 보이도록 무던히 애를 썼다. 카미유를 비롯하여 마르고 가까이 앉았던 아이들은 어느 때고 자유롭게 마르고의 답안지를 참조할 수 있었다. 다들 똑같이 16점을 받았다. 카미유로서는 태어나서 처음으로 받아 본 16점이었다.

마르고는 신이 났다.

"거 봐, 엄마. 잘 될 거라고 했잖아. 있잖아, 내가 카미유 공부를 도와 주었더니 글쎄 걔 점수가 몰라보게 올랐어!"

멜로 씨네 전화통에 불이 나기 시작했다.

"마르고 좀 바꿔 주세요."

"마르고 있어요?"

"마르고와 상의할 일이 좀 있어서요."

늘 친구 누구누구의 전화를 기다리느라 전화통 옆에서 살다시피 하던 언니가 졸지에 동생의 비서로 전락하는 바람에 짜증이 이만저만이 아니었다. 멜로 씨로서도 식사 중이든, 텔레비전의 뉴스를 보던 중이든, 시도 때도 없이 걸려 오는 전화로 방해를 받는 게 달가울 턱이 없었다.

게다가 마르고는 연습 문제를 설명해 주거나, 영어 문장을 고쳐 주거나, 딴청을 부리다가 못 받아 적은 숙제들을 다시 불러 주느라 시간을 잡아먹기가 일쑤였다. 마르고는 다른 아이들 공부를 한 다음 자기 공부를 해야 했다. 그 바람에 늘 정신이 없었다.

"엄마, 역사-지리 공책을 잃어버렸어."

"잘 찾아 봐!"

마르고는 책이란 책은 온통 뒤집어엎고, 서랍과 책꽂이와 가방을 샅샅이 뒤지느라 저녁나절을 다 보냈다. 언니 방에도 가 보았다.

"못 봤어."

언니가 잘라 말했다.

나중엔 엄마 아빠까지 합세하여 수색 작업을 벌였지만 소용 없었다.

마르고는 잠을 이룰 수 없었다. 그러다가 아침녘에야 생각이 났다.

"세상에 이렇게 멍청하긴. 지난주에 아더에게 빌려 주고서 새까맣게 까먹다니!"

마르고의 물리 공책은 카미유네, 수학 공책은 다니엘네, 국어 파일은 크리스티앙네 집에 가 있었다. '6반의 단합'은 더없이 활발하게 진행 중이었던 것이다.

"마르고, 작문 숙제 좀 도와 줄래? 난 뭘 써야 할지 생각이 안 나."

카미유가 부탁했다.

"그게 바로 내 작문 숙제 제목이야. '생각을 찾아서.' 너도 똑같이 해 봐. 그러니까 15분 동안 네 머릿속에 떠오르는 생각들을 그대로 받아 적는 거야."

마르고는 자기가 쓴 작문을 꺼내서 읽어 주었다.

난 지금 웅크리고 앉아서 글감을 찾고 있다. 엄마가 소재가 될 만한 것들을 한 보따리 안겨 주셨지만 마음에 드는 게 하나도 없다. 난로 가에 앉아서 생각에 잠긴다…… 이따금 언니가 '미국 여행'이니, '조랑말 타기'…… 따위의 제목을 하나씩 던져 주기도 하지만, 그 역시 흥미가 당기지 않는다.

조금 아까까지만 해도 멀쩡하던 난롯불이 갑자기 꺼져 버렸다. 불을 지피던 아빠가 내게 장작을 가져오라고 이르셨다.

지금은 마당에서 장작을 패고 있는 중이다. 여전히 생각을 찾고 있지만, 아무런 영감도 떠오르지 않는다. 톱은 앞뒤로 쓱싹쓱싹 잘도 움직이건만, 내 머리는 뇌사 상태에 빠졌는지 꿈쩍도 않는다. 짧게 기도를 올린다.

뇌야, 뇌야,

제발,

짤막한 생각 하나만 다오.

기도마저 아무런 효험이 없다. 머리통을 긁적이고, 쓰다듬고, 쥐어

박아 보았지만, 어느 구석에 박혀 있는지 생각은 좀처럼 모습을 드러
내지 않는다. 토막 낸 장작들을 바구니에 담아 아빠 옆에 갖다 놓
고, 내 방으로 올라온다. 그러곤 지금까지의 일들을 적고 있다.

작문은 정말 일생일대의 고민거리가 아닐 수 없다.

"언제 봐도 넌 참 글을 잘 쓴다. 하지만 난 글이 써지지 않아.
한심해 죽겠어. 네가 내 것도 하나 써 주면 안 될까?"

차마 거절하기가 어려웠지만, 그래도 마르고는 도와 주는 것과
대신해 주는 것은 의미가 다르다고 생각했다.

"너도 얼마든지 쓸 수 있어. 날 믿어. 잠시 정신을 집중하기만
하면 돼."

카미유는 토라져서 운동장 한쪽에 모여 있던 여자 아이들 쪽으
로 갔다.

"수학 문제 좀 설명해 줄래?"

다니엘이 부탁했다.

마르고가 다니엘한테 자기가 푼 연습 문제를 보여 주었다. 똑
같은 부탁을 받은 게 벌써 네 명째였다.

마르고는 회의가 들기 시작했다.

'수업 시간에 정신 차려서 듣기만 해도 될 텐데.'

"너무도 당연하다는 듯이 부탁한다니까!"

마르고가 드니즈한테 툴툴거렸다.

"영어 문제 답 좀 보여 줄래?"

에스텔이 당당히 요구했다.

"먼저 네가 쓴 답을 보여 줘. 그럼 맞았는지 틀렸는지 가르쳐 줄게."

"시간이 없었어. 오늘 오후까지 제출해야 한단 말이야."

"좋아!"

마르고는 차마 거절할 수가 없었다. 하지만 파란 하늘에 먹구름이 끼듯, '1학년 6반의 단합'을 꿈꾸었던 원대한 포부에 조금씩 회의가 들기 시작했다.

'한 번만 더 빌려 달라고 해 봐라. 누구든 이번엔 어림도 없어.'

"마르고, 역사 공책 좀 빌려 줘."

장이 말했다. 그건 부탁이 아니라 숫제 명령이었다.

"넌 수업 시간에 뭐 했니?"

"딴짓 했다. 어쩔래?"

"그럼 미안하지만, 못 빌려 줘."

"그럼 나도 이제 네가 시키는 대로 안 할래, 아줌마!"

"나도 이 짓 때려치울 거야, 똘만아!"

그렇게 해서 1학년 6반을 일으켜 세우기로 했던 거창한 계획은 한낱 물거품이 되어 흔적도 없이 사라졌다. 그런데도 아이들은 여전히 마르고한테 도움을 청해 왔고, 마르고도 그다지 성가시지 않을 땐 어쩔 수 없이 도와 주곤 했다.

장은 언제나 마르고를 삐딱하게만 바라보았다. 어쩌다 자크와 무어라도 상의하려고 하면, 어김없이 장이 끼어들어 이죽거리곤 했다.

"니들 결혼식엔 나도 초대하겠지, 말총머리?"

마르고가 점점 더 좋은 점수를 받을수록, 주위의 친구들이 떨어져 나갔다. 드니즈마저도 왠지 마르고와 서먹서먹해져서 아닉과 다니엘하고만 다니곤 했다. 이제 마르고한테는 친구가 하나도 없었다. 이런 왕따 신세로 로마까지 수학여행을 어떻게 간담!

"이제 난 친구가 하나도 없어. 애들이 다 날 싫어해."

마르고가 언니에게 푸념을 했다.

"뛰어난 성적과 친구들을 둘 다 가질 수는 없어. 언제나 선택을 해야 하는 게 인생이란다!"

언니가 더없이 고상하고 현명하게 충고했다.

"왜?"

"그냥 그러니까!"

'어떡하지? 난 뛰어난 성적과 친구들, 둘 다 갖고 싶은걸.'

마르고는 고민에 빠졌다.

다행히 분위기가 개선될 희망이 다시 보이기 시작했다. 어느 날 담임 선생님이 교실에 들어와 빅뉴스를 전했다. 마르고는 마침내 누군가가 희망의 끈을 이어 주었다는 생각에, 저절로 안도의 한숨이 터져 나왔다.

"아빠!"

마르고가 문을 박차고 튀어들어오면서 소리쳤다.

"드디어 개혁이 일어나려고 해."

"웬 개혁?"

"학교 개혁. 아마 교실에 페인트칠도 새로 할 거야. 이제부터는 학생들이 선생님들한테 건의도 할 수 있을걸. 수업 시간도 줄어들고, 급식 메뉴도 좋아지고, 단체 여행도 자주 가게 될 거야."

"누가 그래?"

"질리 선생님이 우리들한테 학교를 어떻게 개선시키면 좋겠냐고 물으셨는걸. 그래서 다음 주 월요일에는 수업을 몽땅 빼먹고, 교사, 학생, 학부모 모두 모여서 위원회에서 제시한 개선 방안들을 '심사숙고' 할 계획이래. 아빠도 올 거지?"

"암, 가야지, 시간을 내서라도."

'심사숙고' 하기로 되어 있는 대망의 월요일, 마르고와 아빠는 함께 집을 나섰다. 차가 안 다니는 샛길을 가로질러 학교를 가는 길은 한둘이 아니었지만, 마르고는 아빠한테 자기가 다니던 호젓한 지름길을 가르쳐 주었다. 학교 철창문은 묘지처럼 굳게 잠겨 있었다. 두 사람은 빙 돌아서 정문으로 가야 했다. 운동장이 마치 광활한 사막처럼 텅 비어 있었다.

멜로 씨가 물었다.

"개혁 모의는 어디서 열립니까?"

수위 아저씨는 머리를 긁적이며 한참을 생각했다.

"그러니까 그게…… 아, 본관 3층일 겁니다."

마르고와 아빠는 3층으로 올라가 유리문 너머로 회의장을 들여다보았다. 각계 각층의 위원들이 참석했다. 그러나 개혁을 이룰 만한 인원은 아니었다. 고작 어른 네 명과 개 한 마리뿐이었기 때문이다. 마르고와 아빠는 회의장으로 들어갔다. 아이들은 한 명도 없었다. 단지 다섯 손가락으로 꼽을 수 있는 학부모 몇 분과 열 발가락으로 셀 수 있는 선생님들 몇 분이 다였다.

모인 사람들은 중학교 생활의 개선 가능성을 모의한다기보다는 그 불가능성을 모의했다.

"아이들이 학교에서 일찍 끝나면, 일하는 부모들은 어떻게 합니까?"

"애들 점심은 어떻게 되나요?"

한 엄마가 물었다.

"수업 시간을 줄이면 학과 진도를 어떻게 맞춥니까?"

선생님 한 분이 질문했다.

"어쨌든 학교를 전폭적으로 개혁하자는 의도는 좋습니다. 하지만 저희에게도 신중히 검토하고 재정비할 시간이 필요합니다. 더군다나 다음 학기까지 그 모든 것을 준비하기에는 너무 무리가 아닌가 싶군요."

한 학부모가 주저하면서 조심스럽게 끼어들었다.

"제 생각에 학교를 개혁하는 길이란 학과 수업을 줄이고, 그 대신 아이들의 활동 영역을 학교 밖으로 넓히는 일이라고 생각합니다. 이를테면 박물관이나 음악회, 연극을 관람하러 갈 수도 있겠지요. 또 다양한 직업에 종사하는 각계 각층의 사람들을 초빙하여 각자가 하는 일을 직접 들어 봄으로써 생생한 직업 교육을 받을 수 있는 기회를 마련할 수도 있고요. 아니면 자연을 둘러보며……"

"예, 예, 훌륭한 제안입니다. 하지만 그 모든 교통편을 누가 제공합니까? 거기에 들어가는 돈은요? 필요한 경비를 어떻게 충당하지요?"

선생님이 푸념을 늘어놓았다.

마르고는 더 이상 가만히 있을 수가 없었다. 마르고가 손을 번쩍 들어, 앉아 있는 사람들의 이목을 집중시켰다.

"제게 한 가지 제안이 있습니다. 돈도 하나도 안 드는 일이에요. 왜 다들 학교라는 이름부터 바꿀 생각은 안 해요? 학교란 말은 끔찍한 기억들만 불러일으켜요. 이젠 거의 감옥과 똑같은 말이 된걸요. 학교는 마치 우리가 아침 8시부터 오후 5시까지 온종일 사각의 회색 벽 속에 갇혀 지내는 감옥 같아요. 죄수들을 들여보내거나 내보내기 위하여 정해진 시간에만 이따금 한 번씩 철창문이 여닫힐 뿐인 그런 감옥 말이에요. 학교라는 이름을 바꾸고 나면, 학교에 대해 품고 있던 생각 자체가 달라져서 원점에서 새롭게 출발할 수 있을 거예요."

"명칭이 문제가 되는 건 아니야."

선생님이 잘라 말했다.

"어쨌든 그럼 넌 학교 대신 뭐라고 불렀으면 좋겠니?"

"거기까지는 미처 생각해 보지 않았어요. 학교 새 이름 짓기 콘테스트를 열 수도 있을 거예요. 이를테면 '앎의 터전'이라든가, '탐구 모임', '삶의 현장' 같은 이름들 중에서 말이에요. 어떤 이름이 좋을지 반 친구들에게 한번 물어 볼게요."

"생각해 봐라. 그럼 넌, 통신문에도, 신문에도, 성적표에도 '그랑 펭 파크 삶의 현장'이라고 쓰자는 소리냐?"

"그런데 개혁을 해도 여전히 성적표라는 게 있는 건가요?"

한 엄마가 물었다.

122

"그럼 시험과 성적 없이 어떻게 합니까? 어떻게 아이들의 실력을 평가하지요?"

마르고의 머릿속에는 똑같은 생각만 맴돌았다.

'달라진다고 해 봤자 제자리 걸음일 뿐이야.'

'심사숙고' 하는 어른들의 의견을 들으면서, 마르고는 다음 학기가 되어도 학교는 지금 이 상태에서 한 치도 달라질 수 없으리란 것을 알았다. 회의장을 나오면서, 마르고는 사람들의 생각이 바뀌지 않는 한 그 어떤 개혁도 이루어질 수 없다는 것을 깨달았다. 아울러 생각을 바꾼다는 것이 쉽지 않은 일이라는 것도.

마르고는 몽상에 잠겼다. 아이들과 선생님들이 함께 학습 계획을 짜고 함께 공부하는 그런 앎의 터전을, 모임을, 현장을…… 그럼 역사-지리나 자연 과학이 완전히 동떨어진 별개의 과목만은 아닐 것이다. 또 문학이며 그 밖의 과목들과도 밀접한 연관을 갖게 될 것이다. 언젠가 자연 과학 시간에 '종의 진화'에 대해서 배운 적이 있었다. 그럴 때 국어 시간에 거기에 맞춰 찰스 다윈 시대의 책들을 공부할 수 있었다면, 역사 시간에 그 시대에 대하여 집중적으로 탐구할 수 있었다면……

마르고의 머릿속은 온통 자기가 원하고 꿈꾸는 학교에 대한 이상향으로 들끓었다. 언젠가 잡지에서 프랑스 학교 변천사에 대한 기사를 읽은 적이 있다. 물론 샤를마뉴 대제 이후로 학교가 놀라운 발전을 이루었다는 것은 알겠지만…… 그래도 학교는 아직도 향상되고 발전되어야 할 점이 많다고 확신했다. 다만 마르고가 확신하지 못한 것은, 과연 자기가 그 때까지 참고 기다릴 수 있을까 하는 점이었다.

7

  기다리면서, 마르고는 말도네 선생님이 숙제로 내 준 알퐁스 도데*의 단편집 『방앗간 소식』을 읽었다. 그 책에 실려 있는 단편들에는 아무런 호감도 반감도 일지 않았다. 실은 이미 다 알고 있는 이야기들이었다. 『세겡 씨의 암염소』는 유치원 선생님이 읽어 주었었다. 그때 마르고네 반에 이름이 엘렌느 세겡이라고 하는 여자 아이가 있어서 반 아이들이 "세겡 씨네 새끼염소래요!" 하면서 놀려 대곤 했었다. 유치원 때 읽었던 이야기를 중학교에 와서 다시 읽으려니 왠지 유치한 느낌이 들었다.

---

* 프랑스 작가(1840~1897), 『마지막 수업』을 비롯하여 많은 단편과 장편을 남겼다.

선생님은 평소와는 달리 잔뜩 흥분하여 칠판 앞을 서성거렸다. 오늘 학생들에게 가르칠 내용에 사뭇 흡족해하는 기색마저 돌았다.

"퐁비에이유의 풍차 방앗간이 나오는 도데의 작품들에는 바람에 대한 묘사가 많이 나온다. 이제부터 프로방스 지방에서 부는 서른아홉 가지의 바람 이름을 불러 줄 테니 받아 적도록."

마르고는 가장 멋진 글씨체로 정성스레 바람 목록을 작성했다.

실바람 하늬바람 남실바람 마파람
산들바람 산바람 건들바람 골바람
흔들바람 샛바람 된바람 꽃샘바람
센바람 꽃바람 돌개바람 높새바람
큰센바람 도깨비바람 노대바람 큰바람
왕바람 소슬바람 싹쓸바람 비바람
편서풍 해풍 계절풍 육풍 삭풍
열풍 미풍 건조풍 돌풍 대풍
질풍 한풍 태풍 폭풍 무역풍

마르고는 황홀했다. 단지 바람의 이름들을 알았다는 것만으로도 너무나 황홀했다. 지금까지 배웠던 그 무엇보다 신기하고 재

126

미있었다. 마치 그 많은 바람들의 주인이 된 것만 같은 기분이었다. 하지만 이내 이 이름들이 실제로 어떤 바람들을 이르는 것인지 전혀 모른다는 사실을 깨달았다. 정말로 프로방스의 알피유 산꼭대기에 올라가서 이 바람들을 하나하나 맞아 본다면 얼마나 좋을까. 그리고 마치 친한 친구의 이름을 부르듯 바람의 이름들을 알아맞히는 거다. '아, 얘는 하늬' '아, 쟤는 소슬……' 하고 말이다. 구름과 파도들도 이처럼 하나하나 이름을 갖고 있을까 궁금했다.

마르고는 선생님께 물어 보고 싶었다.

'이 모든 바람의 이름들은 누가 지은 건가요?'

바로 그때 말도네 선생님이 숙제를 냈다.

"이 이름들을 내일까지 암기해 오고 『코르니유 선생님의 비밀』은 읽고 나서 연습 문제를 풀어 올 것."

수업이 끝나는 종이 울렸다.

점심 시간을 틈타, 마르고는 바람의 이름들을 몽땅 외웠다. 저쪽 벤치에 앉은 친구들이 깔깔거리며 법석을 떨고 있었다.

"너희들. 거기서 뭐 하니?"

마르고가 물었다.

"명단을 만들었어.

"무슨 명단?"

"우리 반 최고들의 명단."

"어떤 최고?"

"자, 읽어 봐."

마르고는 명단을 읽었다.

우리 반 최고 미인, 다니엘 D.

우리 반 최고 귀염둥이, 카미유 L.

우리 반 최고 추녀, 아닉 T.

우리 반 최고 바보, 마르고 M.

우리 반 최고 범생이, 드니즈 C.

우리 반 최고 천사, 카트린 P.

우리 반 최고 수재, 니콜 O.

우리 반 최고 재간둥이, 에스텔 M.

우리 반 최고 주먹, 자크 M.

우리 반 최고 매력남, 아더 H.

우리 반 최고 개그맨, 단 O.

우리 반 최고 고집통, 장 C.

우리 반 최고 갈비씨, 피에르 P.

우리 반 최고 노력맨, 필립 B.

"아직 다 안 끝났어."

"최고 바보가 왜 하필 나니?"

마르고가 신음했다.

"신경 쓰지 마. 농담인걸 뭐."

아무리 농담이라도 그렇지, '최고 바보'의 왕관을 쓰게 된 것은 결코 웃어넘길 일이 아니었다.

'내가 뭐 어떻다고? 최고 뭐? 난 사실 가장 멋지고, 화끈하고, 씩씩한 캡 중의 캡이 되고 싶었는데. 너무 과욕을 부린 나머지, 결국 바보들의 여왕이라는 영예를 안고 말았어.'

마르고는 울고 싶은 마음까지는 아니더라도, 그야말로 기분이 완전 바닥이었다.

'이러고도 난 6반 아이들과 로마까지 가고 싶은 걸까?'

자기도 자기 마음을 몰랐다. 하지만 마음 깊은 곳에서는 여전히 가고 싶은 마음이 꼼지락댔다. 급식 메뉴는 조금도 나아진 게 없었다. 나오는 음식마다 거의 슈크르트에 버금가는 혐오 그 자체였다. 파엘라*는 홍합이며 작은 새우, 그 밖에도 뭔지 모를 물컹거리는 해물의 잔해들로 뒤범벅된 역겨운 곤죽 덩어리였다. 마르고는 차마 입을 델 수 없었다. 주방장 아저씨에게 무례를 범한

---

* 쌀, 고기, 새우, 야채 따위를 함께 넣어 끓인 스페인 요리.

것 같아서, 대신 주방 아줌마들을 도와 열심히 식탁들을 닦았다. 아줌마들이 착하다고 특별히 상으로 파엘라를 한 접시 더 주었다. 마르고는 공손히 사양했다.

"많이 먹었는걸요."

아줌마들의 등 뒤에서 빵으로 주린 배를 채우면서 부디 자기가 소식과 절식에 길들여질 수 있게 되기를 기도했다. 늘 후식으로 달랑 한 개씩 나눠 주는 오렌지로도 기분이 나아지지 않았다. '죄수들에게는 오렌지가 제격'이라는 소리를 언젠가 들었기 때문이다.

마르고는 바람의 이름들을 되뇌었다. 바람 이야기 덕분에, 도데의 단편집에도 다시 흥미가 끌리기 시작했다.

'분명히 『방앗간 소식』 어딘가에 바람 이야기가 나올 거야.'

하지만 선생님이 숙제로 내 준 분량을 넘어서 끝까지 책을 읽어 보았지만 잔뜩 실망만 했을 뿐이다. 간간이 바람에 대한 암시만 있을 뿐, 정확한 언급은 한 군데도 없었다. 자칭 찬란하다는 프랑스 문학의 그 하고많은 작품들 가운데 왜 이처럼 한물가고, 진부하고, 무미건조한 단편들을 읽어야 하는지 알다가도 모를 일이었다. 마르고는 기어코 한 대목에 제동이 걸려서 더 이상 나아가지를 못했다. 재미는 없고 읽기만 어려운 그야말로 전형적인 문장이었다.

'들일을 하는 사람은 아무도 없다⋯⋯ 우리의 아름다운 고장, 프로방스 지방은 구교의 관례에 따라 일요일이면 대지를 쉬게 한다. (⋯⋯) 이따금 한 번씩, 물이 줄줄 흐르는 물탱크를 나르는 작은 짐수레며 두건을 쓰고 빛 바랜 갈색 망토를 두른 노파가 들을 가로지르거나, 요란하게 꾸민 암노새에 청백의 스파르에타 포장 덮개, 붉은 술 장식, 은방울로 장식된 승합 마차가 미사를 가는 시골 사람들을 잔뜩 싣고서 지나갈 뿐이다. 그 너머, 안개가 자욱히 낀 강 위로 고깃배 한 척이 떠 있고, 한 어부가 우두커니 서서 사냥매를 놓아 주고 있다. 어쩌고저쩌고⋯⋯'

자기와는 너무나 동떨어진 이야기 같았다. 마르고도 프로방스에 살지만, 늘 도시 쪽으로만 관심이 쏠려서인지, 차라리 연애 소설을 읽는 편이 훨씬 더 재미있을 것 같았다. 게다가 요즘 같아선 전혀 책을 읽을 기분이 아니었다.

마르고는 지긋지긋해하면서 간신히 읽기를 끝낸 뒤 연습 문제를 푼 다음, 엄마한테 가서 반 친구들과 함께 수학여행을 가고 싶다고 말했다.

"수학여행비가 얼마래?"

"천 프랑."

마르고는 어떻게든 그 천문학적인 액수를 줄여 보려고 기어들어가는 목소리로 대답했다.

"천 프랑? 겨우 이틀 동안의 로마 여행에 천 프랑이라고? 그런데도 너희 반 아이들이 한 명도 안 빠지고 다 간단 말이야? 다들 정신이 나갔구나!"

"다 가는 건 아닐 거야. 하지만 여행 일정이 굉장히 교육적이고, 문화적이고, 다양하게 짜여졌대."

"겨우 이틀간의 로마 여행이 어련하겠어."

"언니는 플로렌스 여행도 보내 줬었잖아!"

마르고가 언니를 들먹이며 징징거렸다.

"정말 가고 싶니?"

마르고는 고개를 끄덕였다. 밤 침대차며 기차 속에서 먹을 저녁 도시락이 눈앞에 아른거렸다.

"그럼 아빠와 의논해 보자꾸나. 네 친구들이 다 간다는데 너만 가지 말라고 할 수도 없는 노릇이구나. 어쨌든 넌 수학여행을 갈 자격이 충분히 있으니까."

마르고는 감격에 겨워 엄마를 와락 껴안았다. 이제 엄마가 아빠에게 통고하는 일만 남았다.

8

역 대합실은 학부모들과 아이들로 초만원을 이루었다. 선생님 몇 분은 저마다 손에 쥔 명단을 확인해 가며 인솔할 아이들을 일일이 불러모아 점호를 하느라 진땀을 빼야 했다. 마르고는 장과도, 아닉과도, 카미유와도 같은 조가 되지 않게 해 달라고 기도했다. 기구하게도 그 셋 모두와 같은 조가 되었다.

기차 안에서 몇 차례 자리 이동이 있었다. 마르고는 처음에는 에스텔 옆에 앉았지만, 선생님의 은근한 회유로 카미유와 자리를 바꿨다. 그래서 다른 기차 칸에서 생판 모르는 아이들 다섯 명과 함께 여행을 해야 했다. 게다가 마르고는 맨 위에 있는 침대를 원했는데 맨 밑에 있는 침대가 배정되었다. 여자 아이들 다섯 명이

밤새도록 희희덕거리는 통에 마르고는 새벽 3시 반이 다 되어서야 가까스로 잠이 들었다.

엄마는 마르고가 여행 일지를 쓰기를 원했다. 천 프랑의 본전을 뽑으려면 적어도 여행을 기념할 만한 기행문이라도 남겨야 한다는 것이 엄마의 주장이었다.

그래서 마르고는 일지를 썼다.

아침 식사는 훌륭했다. 케이크, 잼, 밀크 코코아, 빵. 어느 역에서 내려야 할지 아는 선생님이 한 분도 없었지만, 어찌어찌해서 마침내 기차에서 내렸다. 기차역에는 우리가 타고 갈 버스가 대기 중이었다. 버스에 올랐다. 드디어 조 바꾸기 성공. 에스텔과 드니즈와 한 조가 되었다. 로마 시내는 엄청나게 길이 막혔고, 전차들이 다녔다. 각자 헤쳐 모이기. 목적지는 바티칸이다. 그런데 아무도 누구와 함께 가라는 말은 해주지 않고, 소매치기를 당하지 않도록 가방을 잘 간수하라는 말만 했다.

드디어 바티칸 도착.

바티칸 관람은 지루했고, 우울했고, 끝이 없었다. 간밤에 기차 칸을 시끌벅적하게 만든 주범이 바로 나라는 애먼 욕만 먹었다. 억울하고 분해서 마구 울었다. 몸에 열이 좀 나는 것도 같았다. 바티칸은 하나도 맘에 들지 않았다.

드디어 멋진 호텔에 여장을 풀었다. 에스텔과 드니즈와 외출을 했다. 지금은 식사를 하러 가려는 참이다. 엽서 몇 장을 사서 기분이 좋았다.

〈점심 메뉴〉

토마토소스로 버무린 파스타,

백포도주를 뿌린 고기,

감자튀김, 시금치,

아이스크림(이탈리아 말로는 젤라티라고 한단다).

다들 하나도 남김없이 싹싹 긁어먹었다. 시금치만 빼놓고.

식사를 마친 뒤 배정 받은 방으로 올라가려고 했는데 방 호수를 잘못 알았다. 덕분에 난 내가 가진 열쇠로 같은 층에 있는 문들을 모두 열 수 있지만, 다른 열쇠로는 내 방 문을 열 수 없다는 사실을 알게 되었다. 기분 짱이다!

다시 버스를 탔다.

이번 목적지는 판테옹이다. 판테옹 도착.

관광 안내원이 판테옹을 설명하고 있는데, 느닷없이 웬 돌멩이 하나가 날아들어 한 청년이 머리를 맞았다. 다행히 우리들은 아무도 맞지 않았다. 돌멩이가 청년의 머리통에 부딪혀 정확하게 두 쪽이 났다. 청년은 피를 철철 흘렸다. 앰뷸런스와 경찰이 왔다. 판테옹에서는 그게 다였다.

지금 우리는 트레비 분수에 와 있다. 동전을 던지면서 소원을 비는 곳이란다. 에스텔은 나한테는 전에 없이 쌀쌀맞게 굴면서, 카미유한테만 상냥하다. 오후 4시 30분부터 6시까지는 자유 시간이었다. 몇 가지 자질구레한 것들을 샀다. 돌아올 때도 엄청 길이 막혔다. 조금 있으면 저녁 먹을 시간이다.

〈저녁 메뉴〉

수프, 삶은 감자, 고기, 샐러드, 파이.

에스텔이 바지에 오줌을 쌌다. 저녁 8시쯤 방 친구들이 파티에 간다고 우르르 몰려 나갔다. 제발 오늘 밤에는 제대로 잘 수 있기를.

나갔던 애들이 금세 돌아왔다. 파티 같은 건 없단다. 호텔 안을 여기저기 기웃거려 보았지만 재미있을 만한 곳이 한 군데도 없었단다.

〈아침 식사〉

빵, 버터, 잼, 커피. 블랙커피를 또 한 잔 마셨다. 겨우 여덟 잔째밖에 안 된다.

고대 로마 광장을 보았다. 무지 더웠다.

이어서 콜로세움으로 갔다.

〈호텔에서 점심 식사〉

볼로냐식 파스타 (그런데 내가 'Senza formaggio'를 틀리

게 발음하는 바람에, 웨이터가 2인분을 가지고 왔다, 흐흐!), 강낭
콩, 감자튀김, 아이스크림.

　오후에는 고대 로마의 대저택들을 돌아보았다. 첫 번째 가 본
빌라는 정말 어마어마했다. 집이 아니라 아예 도시 같았다. 빌라
안에 극장, 곡마장, 손님용 별채, 원형 경기장 등 별 게 별 게 다
있었다. 빌라 이름은 까먹었다. 두 번째로 방문한 '에스트 빌라'
는 굉장히 멋있었지만 시간 관계상 정원만 대충 훑어보았다. 온
통 분수대로 이루어진 정원이었다. 그 중에 자그마치 280개의 물
줄기를 뿜어 대는 분수도 있었다.

　5시 반부터 15분 동안 쇼핑 시간이었다. 드니즈와 함께 돌아
다니다가, 걔만 플러시 동물 인형, 석재 기념물, 기압계, 넥타이,
보물함을 샀다.

　15분이 거의 다 지났을 때에야 정작 난 아무것도 사지 못했다
는 사실을 깨달았다. 드니즈는 차로 돌아가고, 나는 어떤 가게에
들어갔다가 선생님들과 맞닥뜨렸다. 목각 인형 하나가 눈에 띄었
다. 알록달록 색칠도 되어 있고 안에는 이쑤시개도 들어 있는 게
마음에 들어서 샀다. 선생님들이 빨리 버스로 돌아가라고 했다.
혼자 돌아가려니 눈앞이 캄캄했다. 그런데 다행히 운 좋게 버스
로 돌아가려는 친구들을 만났다. 가까스로 버스가 있는 주차장을
찾았지만 버스들이 너무 많았다. 열두 대도 넘는 버스들 가운데

도대체 어느 것이 우리 버스인지 분간할 수가 없었다. 우리는 맨 마지막으로 간신히 차에 올라 자리에 앉았다. 선생님 한 분이 고맙다는 인사를 하려고 관광 안내원을 찾아 헤매느라 잠시 또 지체되었다.

호텔에서의 저녁 식사. 기차역으로 출발하기에 앞서 잠깐 로마의 야경을 둘러보았다. 환상적이었다.

출발할 때와 같은 아이들과 같은 침대 칸에 들었다. 아무도 맨 꼭대기 침대를 양보하려 들지 않았다.

아침 7시까지 잤다.

기나긴 세계 여행을 마치고, 드디어 집에 돌아왔다.

마르고는 언제부터인가 아더의 행동이 달라진 것을 눈치챘다. 로마로 수학여행을 떠나기 전에도, 자기를 하염없이 바라보고 있는 아더와 종종 눈이 마주치곤 했다. 쉬는 시간이면, 아더가 부러 마르고가 앉아 있는 벤치 쪽으로 다가와 그 앞에서 축구를 하기도 했다. 담임 선생님이 수학여행 희망자들을 물어 볼 때도, 아더는 마르고의 손이 올라가는 것을 확인하고 나서야 쭈뼛쭈뼛 손을 들었다.

로마에서 마르고는 언제나 아더가 자기를 흘끔거린다는 느낌을 받았다. 버스 속에서 아더의 옆자리는 늘 비어 있었다. 그러다가 마르고가 결국 다른 곳에 가 앉으면, 그제야 빈 자리를 다른 애에게 내어 주곤 했다. 바티칸에서도, 로마 광장에서도, 콜로세움에서도, 에스트 빌라에서도, 관광 안내원이 설명을 하는 동안, 아더는 늘 마르고의 주위를 얼쩡거렸다. 식사 시간에는 수줍어하며 자기 몫의 디저트를 건네 주기도 했다.

여행에서 돌아오고 나서도, 마르고는 여전히 아더가 자기를 졸졸 쫓아다닌다는 느낌이 들었다. 어느 날 국어 시간에, 마르고는 반 아이들 앞에서 자기가 쓴 작문 숙제를 읽었다.

우박 눈사람

밤새도록 우박이 무섭게 쏟아진 탓에, 거리는 온통 하얀 눈얼음이 두텁게 쌓여 있었다. 광활한 고등학교 운동장도 자연의 법칙에서 예외일 수는 없었다. 난 짜릿한 흥분을 느꼈다. 우리는 이 굉장한 우박 사건을 기념하기 위해서, 우박 눈사람을 만들기로 했다.

내가 눈사람의 몸통을 굴리고 있는 사이에, 친구들은 눈사람의 얼굴을 빚었다. 우리들이 굴리던 눈덩이들이 점점 커져 갔다. 족히 1미터는 될 것 같았다. 그만한 높이면 충분할 것 같았다. 그 위에 머리 부분을 올렸다. 합체 성공. 지나가던 5반 애들 세 명도 우리를 도와 주겠다고 나섰다. 마다할 이유가 없었다. 그 중 한 애는 모자를 가져와서 눈사람의 대머리를 가려 주었고, 또 한 애는 올리브 열매를 구해 와서 밋밋했던 얼굴에 두 눈을 붙여 주었다. 우리는 돌을 주워다가 코를 만들었고 막대기 두 개를 양쪽에 꽂아서 두 팔도 만들어 주었다. 그리고 노란 꽃들로 눈사람을 예쁘게 꾸몄다. 그랬더니 우리들이 공들여 제작한 얼음 인간이 아주 멋쟁이가 되었다.

다 만들어 놓으니 정말 즐겁고 뿌듯했다. 그런데 얼음 눈사람이 왠지 쓸쓸해 보였다. 눈사람에게 여자 친구를 만들어 줄 수 있도록 한 번 더 우박이 쏟아졌으면 좋겠다.

늘 그랬듯이, 마르고의 글이 장원으로 뽑혔다. 누군가가 마르고에게 속삭였다.

"얼음보다 더 덧없는 게 사랑이래."

마르고는 고개를 돌려 그 뚱딴지 같은 소감이 아더의 입에서 나왔다는 것을 알았다.

그 날 아더는 쉬는 시간에 마르고에게 다가와서 더듬거리며 물었다.

"넌 학교 수업 끝나면 뭐 하니?"

"숙제!"

마르고가 주저 없이 대답했다.

"아니 내 말은, 숙제한 다음에 뭐 하냐고?"

"저녁 먹어."

"그게 아니라, 저녁 먹고 뭐 하냐고?"

"발 닦고 자."

"아!"

아더는 더 이상 물어 볼 엄두가 나지 않아 한숨만 내쉬었다.

마르고와 친해지려는 이런 시도 후에도 몇 주일이나, 아더는 마치 우연인 것처럼 꼭 마르고 동네에 있는 잡화점, 빵집, 책방에 와서 물건을 사곤 했다. 마르고는 바게트를 사다가 아더를 보았다.

"어, 너도 이 근처에 사니?"

마르고가 깜짝 놀라서 물었다.

"아니, 그냥 여러 빵집의 빵을 두루 먹어 보고 싶어서."

"아하."

한번은 바로 집 앞에서 아더와 맞닥뜨리게 되자, 마르고가 꼬치꼬치 캐물었다.

"이 근처에 친구가 사니?"

"아니. 난 낯선 동네 산책하기가 취미야."

"아하!"

아더는 차마 말할 수가 없었다. 자기가 이 동네에 사는 어떤 여자 애랑 얼마나 얼마나 친해지고 싶은지를 말이다.

참 알다가도 모를 일이었다. 어떻게 아더가 자기와 똑같은 시간대에 똑같은 수영장을 오게 되었는지, 그리고 이틀 후에 또 똑같은 자전거 코스를 달리게 되었는지 말이다. 아무래도 아더가 굉장히 감쪽같은 방법으로 자기의 일거수일투족을 감시하고 있는 것 같았다.

드니즈가 마르고한테 톡 까놓고 얘기했다.

"아무래도 아더가 널 사랑하는 것 같아."

마르고는 기가 막혔다. 사랑이라니! 그건 까마득한 앞날에 일어날 일이지, 결코 현재의 일일 수가 없었다. 마르고는 전혀 사랑 타령에 사로잡힐 기분이 아니었다. 물론 자기네 반에도 허구한 날 남자 애들 뒤꽁무니만 졸졸 따라 다니면서 누구누구가 자기를 바라보는 눈길이 어쨌네 저쨌네 하면서 속닥거리는 여자 애들이 있었다. 하지만 마르고는 한 번도 그런 하릴없는 수다에 끼어 본 적이 없었다.

게다가 마르고는 수염이 덥수룩한 남자들만 좋아하는데, 1학년에는 수염 난 남자 애가 하나도 없었다. 그래서 사랑은 잠시 보류하기로 했다. 혹 중2쯤 되면 모를까.

그때쯤이면 아더도 사랑할 또 다른 누군가를 찾게 될 것이다.

9

말도네 선생님이 목청을 가다듬고 공표했다.

"방금 전에 1학년 2반에서 '학교'라는 주제로 시 백일장을 열기로 했다. 그래서 성적이 우수한 6반 학생들 몇 명을 2반의 시 백일장 심사위원으로 초빙하려고 한다. 성적이 평균 13점 이상인 학생들은 다음 주 목요일 2반으로 출두하여 응모한 시들을 심사하고 당선작을 선정해 주기 바란다."

마르고는 황홀했다. 심사위원이라니, 감투도 그런 감투가 없었다. 심사위원은 시를 쓰지 않아도 된다. 그저 하릴없이 가만히 앉아서 듣기만 하면 되는 것이다. 마르고는 무엇보다 그 점이 가장 맘에 들었다.

이튿날 점심 시간에, 잘 알지도 못하는 어떤 여자 애가 마르고한테 케이크를 갖다 주었다.

"모쪼록 내 시가 맘에 들기 바라."

다른 애들은 훨씬 더 노골적이었다.

"내 시를 뽑아 주면 톡톡히 한턱낼게."

마르고는 종류도 다양한 갖가지 선물 공세를 받았다. 열쇠고리, 수정 펜, 오리 마스코트…… 하지만 다들 왜 자기한테 이런 온갖 선물을 주는 것인지 궁금했다.

어떤 친구는 마르고한테 자기 사촌의 시를 적극 추천했다. 마르고의 짝은 자기랑 가장 친한 친구의 시를 뽑아 달라고 은근히 압력을 넣었다. 마르고는 종일토록 말 없는 미소와 청탁에 시달렸다.

장이 마르고를 비난했다.

"뇌물 따위나 받아 먹으려면 꺼져!"

"아무튼 난 가장 훌륭한 시를 뽑을 거야. 그럼 될 것 아냐."

마르고가 양심선언을 했다.

드디어 '시 낭송의 날'인 목요일이 되었다. 참가 번호 1번 시인은 코맹맹이 소리로 무엇에 쫓기듯 정신 없이 읽어 내렸다.

아침마다 달리기 경주다.

바지 다음 양말, 양말 다음 신발.

힘이 다 빠졌다.

따뜻한 우유에 헤이즐넛 초콜릿 토스트.

이젠 됐다. 행동 개시.

등엔 책가방, 양 손엔 준비물 가방,

드디어 출발. 커다란 곰 인형처럼

왼발, 오른발, 어기적어기적.

마르고는 20점 만점에 15점을 주었다. 내용은 재미있었으나 낭독 솜씨가 형편 없었다.

학생은 케이크다. 조리 방법은,

국어 두 컵

수학 세 컵

자연 과학 한 컵

물리 한 컵에

역사 – 지리 반 컵을 붓고,

영어는 큰 술로 서넛

체육은 작은 술로 하나에

음악 한 줌

미술 한 줌을 살짝 뿌린 뒤,

잘 휘저어 버터 칠을 한 용기에 붓는다.

중간 불로 오븐에 굽는다.

웩, 목에 걸렸다!

마르고는 16점을 주었다. 그런대로 무난했지만 레이몽 크노의 시와 너무 비슷했다.

그리고 밑도 끝도 없고, 리듬도 운율도 없고, 의미도 인생도 없는 고만고만한 시 다섯 편이 연달아 이어졌다. 마르고는 마구 졸음이 쏟아졌지만, 그래도 한 편 한 편을 열심히 들으려고 안간힘을 썼다. 그런데 친구 사촌이라는 애의 시가 화들짝 잠을 깨웠다. 그것은 기타까지 연주하며 부른 한 편의 노래였다.

오 예, 오 예, 오 예

정처 없이 교실에서

교실로,

교실로,

전전하는 나.

그런데도, 그런데도, 그런데도

공책엔 온통 빨강

빨강

빨강뿐

지겨워라, 워라, 워라,

밤이면 괴로워,

워우

워우,

이불 속을 파고드는 나

가사 자체는 특별할 게 없었지만, 노래는 정말 끝내주었다. 운율과 박자가 척척 맞아떨어지는 것이 기가 막힐 정도였다. 마르고가 보기엔 올 여름 히트곡이 되고도 남을 노래 같았다. 18/20점!

그야말로 타의 추종을 불허하는 최고의 히트작이었지만, 공교롭게도 하필이면 곧바로 실비의 차례가 이어졌다. 실비는 자기 마음 속에 울리는 운율로 곧장 듣는 이의 마음을 사로잡을 줄 알았다. 단순하면서도 힘이 넘쳤다. 한 마디 한 마디에 읽는이의 확신이 담겨 있었다. 조금은 거들먹거린다는 인상을 주기도 했지만, 마르고는 20점 만점을 줄 수밖에 없었다.

난 학교가 좋아.

너희들은 그러겠지?

미쳤다고, 웃긴 애라고.

천만에. 들어 보렴.

난 좋아.

매일 아침 일찍 자리에서 일어나는 것도,

오늘의 할 일을 살펴보는 것도,

매순간 할 일이 잔뜩 쌓여 있는 것도,

빈틈없이 짜여진 시간표조차.

난 좋아, 50분마다 한 번씩

선생님을 바꾸는 것도.

새로운 무언가를 배울 때마다,

마치 걸음마를 다시 시작하는 느낌이야.

학교는 감옥이 아니야.

난 믿어.

학교는 막중한 역할을 떠맡은

소중한 곳이라고.

그 곳의 주인은? 바로 우리들이야.

마르고는 고민 고민하다가 점수를 고쳤다. 20점은 너무 과한
것 같았다.

'너무 비현실적이야. 학교는 이렇게 좋은 면만 있는 게 아니잖
아. 그래서 개혁이 필요한 거지.'

마치 마르고의 이런 생각을 훤히 꿰뚫기라도 한 듯, 다음의 시
는 학교의 나쁜 점을 묘사했다.

내가 꿈꿨던 중학교는
사각의 벽도,
딱딱한 걸상도,
퀴퀴한 곰팡내도 없는 곳.

내가 꿈꿨던 중학교는
벌도,
금지 사항도,
피 튀기는 경쟁도 없는 곳.

내가 꿈꿨던 중학교는

반짝이는 생각들로 가득 차,

마치 거대한 쉬는 시간처럼,

꿈결 같은 하루하루가 이어지는 곳.

내가 꿈꿨던 중학교는

이젠 아스라한 기억 저편으로

사라졌다.

꿈을 깨우는 요란한 자명종 소리와 함께.

마르고는 이 시가 맘에 들었다. 18/20점을 주었다. 그런데 시 때문에 일종의 소화불량 증세가 나타나기 시작했다. 시의 운율이며 톡 톡 끊어지는 문장들, 들쩍지근한 말들에 자꾸 속이 더부룩해지고 신물이 올라왔다. 마르고는 주위를 둘러보았다. 심사위원들은 다들 지루해 돌아가실 것 같은 표정들이었고, 청중들은 하나같이 장례식에라도 와 있는 듯한 얼굴들이었다. 선생님 역시, 해변 가의 어느 한 카페에 앉아서 멀거니 수평선 너머를 바라보는 피서객만큼이나 한가로워 보였다. 단지 손에 시원한 파스티스 한 잔 대신에, 당선작에게 부상으로 주어질 막대사탕 한 움큼을 쥐고 있을 뿐이었다.

'달콤한 미문들에 대한 상으로 달콤한 사탕이라…… 정말 어

울려.'

마르고는 생각했다. 마르고는 막대사탕을 빠는 선생님의 모습을 상상해 보려고 애를 썼다.

선생님은 식을 거행하는 집정관 노릇을 맡았다. 바닷가의 한가로운 꿈에 마냥 젖어 있다가, 이따금 한 번씩 깨어나 시인들을 소개하곤 했다. 맨 마지막 시와 심사위원들의 표결 절차만이 남게 되자, 선생님도 후련한 듯 얼굴에 화색마저 돌았다.

단지 우연일 뿐일까? 하필 맨 마지막으로 소개된 그 짤막한 시가 마르고의 마음을 단박에 사로잡았다. 로랑은 선생님과 심사위원들을 뚫어지게 바라보면서, 마치 폭탄선언이라도 하듯, 단숨에 시를 읽어 내렸다.

말해 봐, 이유를.
학교는 왜 생긴 것일까?
그건 좋은 생각이 아니었어.
왜냐하면 우리는 지금 한낱 거위 신세일 뿐이니까.
거위들에게 꾸역꾸역 사료를 먹여서*
뭘 하려는 거지? 뭘, 뭘?

---

* 프랑스에서는 사료를 잔뜩 먹인 거위로 만든 '거위 간' 요리가 특히 유명하다.

선생님은 마뜩치 않은 표정으로 얼굴을 찌푸렸지만, 듣는이에게는 많은 여운을 남기는 시였다. 말도네 선생님은 신중을 기해 당선작을 가려 줄 것을 부탁했다.

"시의 전체적인 분위기, 형식, 표현들을 고려하기 바란다."

그러면서 선생님은 은근히 실비의 「날아가는 학교」를 추천하는 눈치였지만, 그래도 개인적인 의견만은 가급적 삼가려고 애를 썼다.

심사위원들이 두 편으로 갈라졌다. 음유 시인을 지지하는 무리와 실비와 더불어 좋은 학교를 지지하는 무리 사이에 치열한 공방전이 일어났다. 마르고만이 유일하게 「거위들의 학교」를 지지했다.

필립이 말했다.

"멋지잖아. 기타 반주를 곁들인 낭독은 정말 환상적이었다구. 그야말로 음악과 시와 학교가 완벽하게 어우러진 유일한 시였어."

"하지만 너도 실비가 「학교 찬가」를 낭송할 때 조금은 감동 먹었잖아?"

마르고가 조심스럽게 끼어들었다.

"난 로랑의 시가 맘에 들어. 아주 중요한 물음들을 던지는 시인 것 같아."

"그렇긴 해. 하지만 의문을 제기한다고 해서 시가 되는 것은 아니야."

"그건 음악과 기타도 마찬가지네요."

"적어도 들으면서 졸립지는 않았잖아. 그 중 가장 재미있었고."

"그렇긴 해."

마르고가 한 발 물러섰다. 그건 사실이었다. 바로 그 기타 소리에 자기도 졸음이 확 달아났으니까. 마르고의 표까지 포함하여 기타리스트가 가장 많은 지지표를 얻었다.

막대사탕 수여식이 끝나자마자 마르고는 양심의 가책을 느꼈다. 순전히 인기 순위에 떠밀려 겉만 번드르르한 속빈 강정을 택했던 것은 아니었을까 하는 의구심이 들었다. 반박의 여지가 없는 좀더 훌륭한 변론을 펼쳐서 자신의 선택을 끝까지 밀고 나가지 못했던 것이 속상했다. 이런 생각을 하다가 결국 마르고는 스스로 시를 한 편 짓기에 이르렀다.

과연 학교가 우리에게 말하는 법을 가르쳐 줄 수 있을까?

주장하는 법을 가르쳐 줄 수 있을까?

가야 할 길을 일러 줄 수 있을까?

그 길을 설명해 줄 수 있을까?

밝혀 줄 수 있을까?

과연 우리는 학교에서 인생을 알 수 있을까?

인생의 비밀을 배워서 터득할 수 있을까?

인생이란 무얼까? 전쟁?

학교는 인생이다! 학교는 전쟁터다!

학교는 학교다!

마르고는 시를 파일 속에 끼워 넣었다.

10

"오 예, 내일은 학교 파업이랬다!"

장이 신나서 떠들었다.

"야호!"

크리스티앙이 소리쳤다.

"얘들아, 내일은 수업이 없대!"

드니즈가 속속 교실에 들어서는 아이들에게 전했다.

"만세! 그런데 왜?"

"선생님들이 파업을 한대."

"무엇 때문에?"

"선생님들도 지겨웠거든."

장이 말했다.

"선생님들이 몽땅 다 파업을 한단 말이야?"

마르고가 물었다.

"영어 선생님만 빼고."

"그런데 영어 선생님은 왜 파업을 안 하지?"

"찬성하지 않으니까."

"그럼 우리가 영어 수업을 파업하면 되겠구나. 영어 한 시간 하려고 한낮에 등교할 수도 없는 노릇이잖아."

마르고가 제안했다.

"좋은 생각! 와, 네 머리에서 쓸 만한 생각이 나오긴 처음이다!"

장이 치켜세웠다.

"그러다가 단체로 경고를 받으면?"

아닉이 사려 깊게 물었다.

"할 수 없지, 뭐!"

마르고가 대답했다.

"그럼 우리, 단체로 영화 관람을 가면 어떨까?"

자크가 제안했다.

"우리 엄마 아빠는 안 된다고 하실 거야."

"입장료가 너무 비싸."

"그래도 재미있을 텐데."

"너희들은 비상금 없니?"

드니즈가 물었다.

"내게 은행 계좌가 있어. 필요하면 내 돈을 찾아서 너희들 모두 다 영화 구경시켜 줄게."

단이 선심을 썼다.

"와, 넌 정말 천사다."

마르고가 말했다.

"그럼 얘들아, 이렇게 하자. 각자 도시락과 비상금을 가지고, 내일 오전 10시에 학교 정문 앞에서 모이기로 해. 아 참, 도시락 은 모두가 나눠 먹을 수 있도록 넉넉히 싸 오기다."

이튿날 아침 10시, 다들 들뜬 기분으로 정문 앞에 모였다. 단 은 모두가 먹고도 남을 만큼 피자를 잔뜩 싸 들고 왔다. 드니즈는 엄청나게 큰 케이크를 만들어 왔다. 자크는 오렌지 소다 한 통을 들고 왔다. 아더는 달걀을 삶아 왔다. 집에 먹을 거라곤 그것뿐이 었기 때문이다. 게다가 달걀마다 일일이 반 아이들의 이름까지 적었다. 그래서 저마다 자기만의 달걀을 갖게 되었다.

"어디로 갈까?"

카트린이 물었다.

"내가 앞장설게!"

필립이 말했다.

"망데스-프랑스 가를 지나 해변 가에 가서 점심을 먹자."

"가는 길에 눈요기나 하자."

다니엘이 제안했다.

청바지 가게의 쇼윈도 앞에서, 아이들은 요즘의 패션 스타일을 감상했다. 스포츠용품 가게에서는 잠수 장비들을 구경했다. 떼 지어 서점에 몰려 들어가, 만화책들을 시리즈별로 섭렵하고 나왔다. 백화점의 전 매장을 찬찬히 둘러보기도 했다. 단은 여성용 속옷 코너에 얼이 빠졌다. 여성 팬티와 브래지어 세트를 이처럼 여유 있게 감상해 보기는 처음이었기 때문이다.

다니엘과 아닉은 가장 마음에 드는 빨간색 립스틱과 매니큐어, 페디큐어 일체를 골라 놓았다. 마르고는 장차 결혼할 때 혼숫감으로 장만할 식기 세트를 미리 점찍어 놓았다. 아더는 비옷들을 입어 보았다. 그러곤 마르고의 의견을 물었다.

"나 어때?"

"콜롬보 형사 같다."

아더는 기분이 날아갈 것 같았다.

낮 12시 반, 1학년 6반 일동은 드디어 해변에 도착했다. 친구들이 바닷가에 옹기종기 둘러앉자 곧바로 단이 피자를 돌리기 시작했다. 정오의 햇살이 따갑게 내리쬐였다. 다니엘이 입고 있던 스웨터를 벗어 던졌다. 필립은 바다를 향해 조약돌을 던졌다. 마르고는 벌렁 누워서 해바라기를 했다.

아이들은 둥그렇게 둘러앉아서 가져온 푸짐한 성찬을 나눠 먹었다. 아더는 삶은 달걀이 마치 황금 달걀이라도 되는 양, 이름을 확인해 가며 주인들에게 인계했다. 카트린은 커다란 감자 칩 봉지를 돌렸다. 다들 오렌지 소다를 몇 모금씩 돌아가며 마셨다.

단이 다 마신 소다 병을 둘러앉은 아이들 한가운데 놓으면서 말했다.

"이제부터 내가 미국 애들이 하는 게임을 한 가지 가르쳐 줄게. '스핀 더 바틀'*이라고 하는 건데, 한 사람이 병을 돌리다가, 병이 멈췄을 때 병마개가 가리키는 사람을 껴안는 놀이야. 이렇게 말이야."

단이 돌린 병은 드니즈를 가리키며 멈췄다. 처음에는 조그맣게 키득거리며 비어져 나오던 아이들의 웃음소리가 어느 샌가 폭소로 변했다. 정말로 단이 겁도 없이 드니즈를 와락 껴안고 양 뺨에 뜨거운 입맞춤을 퍼부은 것이다.

"이번엔 네가 병을 돌릴 차례야."

드니즈가 힘차게 돌린 병은 마르고를 향해서 멈췄다. 여자 애

---

* 병 돌리기.

160

들끼리 주고받은 입맞춤은 얼굴에 가 닿기도 전에 허공에서 흐지부지 사라지고 말았다.

마르고가 운명의 병을 받아 돌렸다. 병마개가 장을 향하는 순간, 장의 얼굴이 새빨개졌다. 장이 원 밖으로 달아나면서 소리쳤다.

"안 돼! 절대 안 돼! 죽어도 안 돼! 난 빠질래. 이런 바보 같은 게임을 누가 한대!"

마르고가 다시 병을 돌렸다. 이번에는 병마개가 아더 쪽을 가리켰다. 그러자 아더가 벌떡 일어나더니 마르고에게 덥석 달려들어 이마에 진하고 촉촉한 입맞춤을 남겼다. 마르고도 인정할 건 인정할 수밖에.

"헐, 이 게임, 생각보다 재미있네!"

아무도 게임을 그만두고 싶진 않았지만, 모두들 뜨거운 태양 아래서 빨갛게 구어지고 있었다. 크리스티앙은 양말과 신발을 벗어 던지고 바닷물에 풍덩 뛰어들었다가 파도에 바지가 흠뻑 젖어 버렸다. 그러자 바지마저 벗어 버렸다. 자크도 똑같이 했다. 드니즈도 물 속에 들어가고 싶었다. 한동안 망설이다가 주섬주섬 바지를 벗었다. 그렇게 해서 1학년 6반의 남학생들과 여학생들은 하나 둘씩 바지춤에서 두 다리를 빼내어 바닷물에 담그곤 엉덩이까지 물이 차오르도록 첨벙거렸다.

'휴, 고무줄 늘어진 구멍 난 팬티를 안 입고 와서 천만다행이
야.'

마르고는 속으로 생각했다.

"있잖아, 만약 선생님들이 완전 나체로 교실에 모여 파업을 벌
인다면 어떨까?"

자크가 물었다.

"모두가 나체로 학교를 다닌다고 학교가 달라질 것 같아?"

드니즈가 되물었다.

"다들 추워서 와들와들 떨기나 하겠지 뭐."

"누가 알아? 선생님들이 다들 찌찌며 고추를 버젓이 드러내 놓
고 다니면, 좀 더 인간적이 될지."

그 장면을 머릿속에 그려보는 순간, 마르고는 갑자기 미친 듯
이 웃음이 터져 나왔다. 덩달아 아이들도 모두 깔깔거렸다.

"자, 이제 슬슬 영화나 보러 갈까나?"

필립이 마치 아이디어맨처럼 폼을 잡으며 물었다.

"돈이 모자랄 것 같은데. 어디 한번 세어 보자."

자크가 돈을 헤아려 보았다. 스물네 장의 입장료를 사기에는
턱없이 부족한 액수였다.

"그래도 어쨌든 가 보자. 가서 극장 간판이라도 보고 오지 뭐."

피에르가 부추겼다.

"어쩌면 극장에서 값을 좀 깎아 주지 않을까?"

마르고가 의견을 내놓았다.

"너 혹시 짱구 아니야?"

장이 펄쩍 뛰었다.

"입장료는 정찰제란 말이야."

가리발디 광장의 극장에는 열두 개의 상영실이 있었다. 아이들은 영화 포스터들을 구경하며 보고 싶은 영화를 골랐다. 극장 앞은 표를 사려는 행렬이 거의 없을 정도로 한산했으며, 매표구를 지키는 여직원은 마치 교실에서 선생님과 칠판을 마주 하고 있는 학생처럼 지루해 죽겠다는 표정을 짓고 있었다.

한 관객이 다가왔다.

"4번 상영실 한 장이오."

"4호실 영화는 관객이 한 분도 없어서 상영할 수가 없어요."

"난 관객이 아니란 말이오?"

"손님 한 분 때문에 영화를 상영할 수는 없어요. 적어도 세 분 이상은 되어야 해요."

표를 사려던 사람은 마구 화를 내며, 들고 온 신문을 들이댔다.

"이 극장 사장 나오시라고 하슈! 난 신문 광고를 보고 여기까지 찾아온 사람이외다. 상영을 안 할 거면, 이 따위 허위 광고는 왜 냈소?"

창구의 여직원이 극장 지배인을 불렀다. 지배인은 고개를 조아리며 죄송하다는 말을 연발하다가 바로 옆에 있는 한 떼의 아이들을 보았다. 지배인은 퍼뜩 영감이 떠올랐다.

"얘들아, 너희들 여기서 뭐 하니?"

마르고가 설명했다.

"우리는 영화를 보려고 왔는데, 돈이 좀 모자라서요."

"표 두 장 살 돈은 되니?"

"그럼요!"

"두 장만 사렴. 그럼 내가 너희들 모두를 4번 상영실로 들여보내 줄 테니까."

"어휴, 아저씨, 정말 고맙습니다!"

형식상의 절차를 밟은 뒤, 6반 일동은 조용히 영화관으로 들어가 95분간 느긋하게 영화를 즐겼다. '페데리코 펠리니'라는 이탈리아 사람이 감독한 아주 훌륭한 영화였다.

"영화, 정말 짱이다!"

드니즈가 소감을 말했다.

"난 말이야, 배 기관실에서 다들 노래 오래 부르기 시합하는 장면이 제일 재미있더라."

"난 무엇보다도 하마가 맘에 들어."

아더도 한 마디 했다.

아이들은 저마다 돌아가며 가장 좋았던 장면들을 종알종알 애기하며 집으로 향했다. 자크는 오페라 가수를 흉내 내려고 갖은 애를 썼다. 아더는 하마 흉내를 냈다.

마르고는 생각했다.

'날마다 학교가 파업을 한다면, 훨씬 더 많은 것을 배울 수 있을 텐데.'

"잘 가."

마르고가 아더한테 인사했다.

"만약 내가 내일 학교에 빈 병을 가져오면, 다들 운동장에 모여서 다시 또 그 게임을 할 수 있을까?"

아더가 꿈꾸는 듯한 표정으로 마르고한테 물었다.

"자알 해 봐!"

아더의 기막힌 생각에, 마르고가 얼굴이 벌겋게 달아올라 소리쳤다.

11

　모두들 근심에 가득 차서 학년 말 학습 심의회를 기다렸다. 마르고는 새삼스레 자기가 품었던 찬란한 꿈을 돌아보았다. 1학년 6반 전원이 우수상을 받으면서 한 명의 낙오자도 없이 2학년에 진급하는…… 하지만 마르고는 알고 있었다. 자기조차도 우수상은 이미 물 건너 간 일이라는 걸. 학기 말에 접어들면서부터 마르고는 공부를 거의 하는 둥 마는 둥 했다. 열정도 투지도 없었다. 그런데도 선생님들은 마치 관성의 법칙을 따르듯, 마르고한테 여전히 후한 점수를 주었다. 매번 과분한 점수를 받을 때마다, 때론 선생님들이 자기가 낸 숙제를 제대로 읽어 보기나 하는 걸까 하는 의심마저 들 지경이었다. 하지만 수학 선생님이 아무것도 아닌

사소한 실수를 가지고 귀까지 잡아당기며 창피를 주면서 10점을 주었을 땐, 치가 다 떨리는 느낌이었다.

"너만은 꼭 우수상을 받을 거야."

아닉이 장담했다.

"장담 못 해. 하지만 난 신경 안 써."

마르고는 날마다 가방 속에 열심히 교과서를 챙겨 넣었지만, 그럴수록 마음 속의 열정은 썰물처럼 빠져 나갔다. 창피한 말이지만, 점점 더 학교가 심드렁해지기만 했다.

전쟁의 포화 속에서 학교를 다니는 아이들, 아니면 피부색이 달라서, 혹은 가난해서 학교를 다니고 싶어도 다니지 못하는 아이들을 떠올릴 때마다, 마르고는 자기가 더더욱 한심하게만 여겨졌다. 날마다 거칠 것 없는 푸른 하늘 아래서 자유롭게 학교를 다니면서도, 양심도 없게 그런 학교를 감옥이라고 부르고 있으니 말이다.

하지만 가방의 무게에 짓눌리면서 자유롭다는 느낌은 들지 않았다. 아닌 게 아니라 과중한 가방의 무게 때문에 프랑스 아이들의 상당수가 척추가 휘어져 있다는 소리를 언젠가 들은 적이 있었다.

국어 시간에, 말도네 선생님이 '자유 독서 경진 대회'의 결과를 발표했다. 학기 중간에, 선생님은 아이들에게 각자가 읽은 책마다 독서 카드를 만들자고 제안했었다. 물론 만화책은 빼고서 말이다. 그때까지만 해도 아이들은 너나 할 것 없이 앞 다투어 책 사냥에 나섰다. 선생님이 추천한 도서 목록에는, 『백경』이니 『위대한 유산』처럼, 온통 두껍고 지겨운 책뿐이었다.

하지만 아이들은 하나같이 짧은 책만 찾았다. 짧은 책은 정말이지 구하기 힘든 희귀본이었다. 그런 책이 조금만 더 많았어도 후딱 읽어 버리고, 독서 카드를 잔뜩 늘릴 수 있었을 텐데 말이다. 어쩌다 무슨 무슨 책이 크기도 작고 분량도 짧다더라 하는 얘기만 들리면, 그 옛날 미 서부 개척 시대에 황금을 쫓아 골드러시를 이룬 것처럼, 삽시간에 아이들이 벌 떼처럼 몰려들곤 했다. 다들 혈안이 되어 찾은 노다지란 다름 아닌, 어휘와 문장과 페이지를 절약한 경제적인 소책자였다.

깃털처럼 가벼운 경량급 책들을 찾느라 빚어진 대혼잡은 딱 1주일 만에 끝이 났다. 그 기간 동안 저마다 한두 장 정도의 독서 카드를 만들었다. 그리고 독서 카드는 곧 아이들의 뇌리에서 까맣게 잊혀져 갔다. 학기 말이 되어 말도네 선생님이 독서 카드들을 검사했을 때, 다섯 장 이상의 카드를 가진 학생은 고작 세 명뿐이었다. 마르고도 열두 장이라는 대단치 않은 기록으로 그 중 한 명에 끼였다.

드디어 선생님이 우승자들을 발표했다. 마르고, 에스텔, 크리스티앙. 선생님은 세 아이들에게 아낌없는 찬사와 격려를 보내면서 독서의 유익함에 대해서 연설을 했다. 세 명은 하늘이 도와 뜻하지 않은 행운까지 누리게 되었다. 독서상까지 거머쥐게 된 것이다.

"오호, 말총머리께서……"

장이 마르고한테 속삭였다.

마르고는 두 번째로 되뇌었다.

"난 상 같은 건 취미 없어."

그러면서도 도대체 상이 무엇일까 궁금하기 짝이 없었다. 꿩 대신 닭이라고, 비록 우수상은 물 건너갔어도 독서상이라도 받으면 그나마 마음의 위로가 될 것 같았다.

말도네 선생님은 독서상을 생각해 낸 것에 너무 만족한 나머지, 벼룩 시장이든 어디든 가서 상품을 사 온다는 것을 그만 깜빡했던 모양이다. 아니 상품이 이미 선생님의 주머니 속에 들어 있는 것은 아닐까? 보석? 만년필? 아니면 책 모양의 기념품이라도? 마르고는 수천 가지도 넘는 온갖 그럴 듯한 상을 머릿속에 그려보았다.

선생님이 친히 자리에서 일어나서, 세 명의 독서왕들에게 앞으로 나오라고 명한 뒤, 위엄 있게 선포했다.

"에 또, 그러니까, 올해는 수상자가 음…… 세 명이로구나! 에 또, 그래서 말이다, 내가 수상자 세 명에게…… 식사 초대를 하려는데, 장소는 음……"

가장 결정적인 대목에서 선생님이 말을 멈추자, 한결 긴박감이 고조되었다. 순간 교실이 조용해졌다. 마르고는 심장이 붐바디 붐 붐 하며 마구마구 뛰었다. 온갖 유명 레스토랑의 이름들이 머릿속에 스쳤다. 어딜까? 시내에 있는 얼음성? 로통드 레스토랑? 아니면 미각원?…… 마르고는 두 번째로 되뇌었다.

"하! 독서도 제법 쓸모가 있네."

마르고가 가장 폼 나는 청바지를 빼입고 혼자서 커다란 테이블을 마주 한 채, 열두 명이나 되는 웨이터들의 시중을 받아 가면서, 오색찬란한 케이크와 초콜릿 시럽이 살살 녹아내리는 아이스크림을 음미하고 있는 자기 모습을 열심히 머릿속에 그리고 있는데, 말도네 선생님이 호탕한 목소리로 기분 좋게 외쳤다.

"바로…… 우리 집이다."

"끝내준다!"

마르고는 씁쓸하게 중얼거렸다.

다른 수상자들은 좋아해야 할지 말아야 할지 몰라서, 그저 서로를 멀뚱멀뚱 쳐다보기만 했다.

수업이 끝난 뒤, 카트린이 한숨을 내쉬며 마르고를 쳐다보

왔다.

"나도 선생님 댁에 가 보고 싶었는데. 선생님네는 어떨까 정말 궁금해. 초대한 날이 언제니?"

"날짜는 아직 말씀해 주지 않았어. 그냥 학습 심의회가 끝난 뒤에 보자고만 하셨어, 근데 난 그 초대 별로야. 우리 반 애들과 다함께 가면 모를까…… 너희들 없이 나만 혼자 가서 그 잘난 체하는 에스텔과 크리스티앙과 말도네 선생님과 마주 앉아 있을 생각을 해 봐. 그거야말로 '얼음성'이 따로 없겠다."

"하긴. 하지만 그래도 난 가고 싶어."

"나도!"

아닉이 말했다.

"난 선생님의 부인이 어떤 분이지 보고 싶어."

"나는 선생님네 아파트."

이튿날, 말도네 선생님은 교실에 아이스바 세 개를 가지고 왔다. 그러곤 독서상 수상자들에게 아이스바를 하나씩 나눠 주면서, 퍽이나 계면쩍은 목소리로 얼버무렸다.

"할 일이 많아서 아무래도 식사 초대는 당분간 보류해야 할 것 같구나. 그래도 상은 상이니까 어쨌든 이 아이스바라도 하나씩 먹어라."

171

마르고는 아침 8시에 아이스바가 제대로 넘어갈 것 같지 않았다. 하지만 아이스바가 자꾸 녹아내리는 바람에, 교실 바닥을 온통 끈적거리게 만들기 전에 꾸역꾸역 먹어 치울 수밖에 없었다. 맛있지는 않았지만, 어쨌든 이것으로 독서상, 독서 카드, 초대, 아침 식사대용 아이스바 따위의 사연들을 훌훌 떨쳐 버릴 수 있어서 속이 다 후련했다.

하필이면 학습 심의회가 국어 교실에서 열렸다는 것부터가 느낌이 좋지 않았다. 마르고는 선생님들의 납덩이 같은 표정에서부터 지레 폭풍을 예감했다.

질리 선생님은 인사말도 생략한 채 곧바로 회의에 들어갔다.

"회의는 알파벳순으로, 학생 각각에 대한 개별 심의를 거치면서 진행될 것입니다."

마르고는 6반은 형편 없다, 우둔하다, 수준 미달이다 등등의 소리를 새삼스레 또다시 듣지 않아도 될 것 같아 한결 마음이 놓였다.

하지만 그 날은 잠시 숨 돌릴 틈도 없이, 온종일 경악의 연속이었다. 선생님들은 6반 학생들 스물네 명 가운데 여덟 명에게 '유급' 판정을 내렸다. 나머지 열여섯 명에게만 2학년 진급을 허용했다. 우수상은 학급 대표를 맡았던 두 명에게 돌아갔다. 그래서 대표 중의 한 명인 마르고도 받았다.

마르고는 착잡한 심정으로 학교를 나섰다. 상 받은 일을 생각하면 뿌듯했지만, 카미유, 다니엘, 필립을 비롯하여 여덟 명이나 되는 친구들이 낙제를 하게 될지도 모른다는 생각을 하면 우울했다. 그래도 이제부터라도 늦지 않았으니 친구들이 열심히 공부하는 수밖에 없다고 결론지으며 집에 들어섰다. 마르고한테 2학년이 되는 감회는 뜨겁지도 차갑지도 않은 미적지근함뿐이었다.

학습 심의회마저 끝나자, 학교는 더더욱 별 볼일 없는 곳이 되어 갔다. 유급 판정을 받은 여덟 명의 학생 가운데 여섯 명의 부모들이 유급을 거부했다.

매시간마다 허울뿐인 수업들이 한도 끝도 없이 이어졌다. 선생님들도 학생들도, 정말로 수업을 한다고 여기는 사람은 아무도 없었다. 마르고는 학교에서 하릴없이 보내는 그 긴긴 시간들을 때우기 위해서, 끊임없이 소일거리를 생각해 내야 했다. 반 남학생들을 생각하다가, 그 가운데 가장 괜찮은 애가 누굴까? 고민하다가, 여름 방학을 꿈꾸다가, 그러다 진짜로 비몽사몽 졸다가, 유명 작가나 스타들에게 보내는 팬레터를 끄적이다가, 드니즈와 수다 떨다가, 쪽지를 돌리다가, 선생님의 등 뒤에서 오만상을 짓다가, 새로 단어장을 기획하다가, 미래에 장만할 멋진 피크닉 메

뉴들을 짜다가······

며칠 후면 중1 교과서들을 반납하게 된다. 그럼 완전 해방이
다!

마르고는 역사-지리 시간이 가장 좋았다. 그래서 아닉에게 역
사-지리 선생님께 감사 편지를 드리자고 제안했다. 생각만 해도
신나는 일이었다. 둘은 운동장 구석에 쪼그리고 앉아서 즐거운
작업에 매달렸다. 온통 편지 쓰는 일에만 정신이 팔린 탓에, 아더
가 자기들을 유심히 바라보고 있다는 사실을 알 턱이 없었다.

먼저 선생님의 수업 덕분에 역사에 대한 관심과 흥미가 한결 더
해진 점이며, 학생들에게 늘 후한 점수를 주신 선생님의 자상함
을 언급하며 점잖게 운을 떼었다. 그리고 선생님이 세계사 사료
에서 일일이 뒤적여 일깨워 준 덕분에 알게 된 역사적 사실들을
하나하나 열거하면서 그토록 열과 성을 다해서 가르쳐 주신 선생
님께 깊은 감사의 말씀을 드렸다.

아닉이 편지를 봉한 뒤 봉투 겉면에 썼다.

'뤼롱 선생님께.'

아닉이 편지를 손에 쥐었다. 아더가 다가왔다.

"너희들, 그거 무슨 편지냐?"

"네 일 아니니까 신경 꺼!"

아닉이 말했다.

"우리가 뭘 어쨌다고?"

마르고가 물었다.

"그러지 말고 좀 얘기해 주라!"

아더가 으르릉거렸다.

"절대 안 돼!"

"제발……"

"안 된다니까!"

"보여 주면, 내 나침반 줄게."

"나침반 따위는 필요 없어."

"그럼 튜브가 달린 내 진짜 만년필 줄게."

"요즘 누가 만년필을 쓰니?"

아더는 불안했다. 이유는 알 수 없지만 왠지 그 편지를 꼭 보아야 만 할 것 같았다. 어쩌면 그 편지 속에 자기에 대한 흉이 잔뜩 적혀 있을지도 모른다는 생각이 들었다.

"그럼 내 손목시계 줄게!"

"못 말려! 누가 네 손목시계 갖고 싶댔니?"

그러자 아더가 마르고의 가방을 낚아 채어 담보로 삼았다.

"내 가방 내 놔!"

"편지부터 보여 줘!"

"바보 같은 소리 좀 하지 마!"

"뭐라고 썼는데?"

"아더, 도대체 너 왜 그러니?"

"그 편지를 꼭 봐야겠어!"

"너랑 아무 상관도 없다니까!"

"그럼 꺼져!"

마르고는 볼모가 된 가방을 억지로 뺏으려 했지만, 아더는 양 손으로 번갈아 가방을 빼돌리며 달아났다.

"그런다고 내가 보여 줄 것 같아? 내 가방이나 내 놔."

아더는 빼앗은 담보물을 열어 국어 파일을 펼쳤다. 그러곤 파일 속의 노트 다발을 꺼내 들었다.

마르고가 하얗게 질린 채 소리쳤다.

"안 돼, 아더!"

아더가 노트 한 장을 휘익 머리 위로 던졌다. 마르고가 얼른 뛰어가 주웠다. 그러자 아더는 또 한 장을 던졌다. 던지는 속도에 점점 더 가속이 붙었다. 국어 노트가 공중에 흩어져 나풀거리다가 운동장 사방으로 한 장씩 떨어졌다.

운동장에 있던 아이들이 다들 마르고의 흩어진 노트를 줍느라 이리 뛰고 저리 뛰었다. 어떤 애들은 줍는 일을 접고 마르고가 쓴 작문이며 시를 읽었다. 또 어떤 애들은 주운 종이들을 다시 던져서, 그랑 펭 파크 중학교 운동장에 눈 대신 문법이 펄펄 날리게

했다. 친한 친구들은 중요해 보이는 것들을 한 장 한 장 모아서 마르고한테 갖다 주기도 했다.

"그만 해, 아더."

"편지 보여 주면!"

아더는 이번에는 영어 단어가 빼곡히 적혀 있는 종이들을 한 장 한 장 날리기 시작했다. 보이와 걸, 맨과 우먼, 마더, 파더, 시스터, 브라더가 허공 속에 흩어졌다. 이어서 블랙, 블루, 레드, 옐로우, 그린, 화이트가. 그리고 원, 투, 스리, 포, 파이브, 식스, 세븐, 에이트, 나인도 산산이 흩어졌다.

이번에는 역사 공책을 꺼내 들었다. 운동장에 있던 학생들의 머리 위로 온갖 왕조와 왕국과 독재자와 공화주의자들이 공중비행을 했다.

자연 과학이, 이어서 문학이, 언어와 역사와 수학이 알지 못하는 어디론가 하나씩 사라져 버렸다.

"나의 교양은 어디로?"

마르고는 절망과 분노에 싸여서 이 엄청난 파국을 멍하니 바라보았다. 마치 인생이, 알고 있던 모든 지식이 보이지 않는 진공 흡입기에 빨려 사라지는 것만 같았다.

갑자기 예보에도 없던 빗줄기마저 한두 방울씩, 떨어지는 시험지들에 섞이기 시작했다. 줄 쳐진 하얀 종이들이 비에 젖고 밟길에 차이며 여기저기 굴러 다녔다.

마르고는 이 따위 무차별 테러에 굴복하고 말 수는 없다는 생각이 들었다. 한 치도 물러설 수가 없었다.

그런데 아더가 갑자기 잠잠해졌다. 아더는 속이 거의 텅 비다시피 한 가방을 무릎에 얹어 놓은 채 멍하니 벤치에 앉아 있었다. 마르고는 아닉이 들고 있던 편지를 가지고 아더 옆에 가서 앉았다.

마르고는 모든 걸 잃었다. 아무런 관련도 없이 뒤죽박죽 섞인 종이 몇 장을 손에 쥐고 있을 뿐이었다. 마르고의 중학교 1학년을 말해 줄 표지들이 마치 전쟁터에 쓰러진 주검들처럼 여기저기 널브러져 있었다. 죽어서 땅에 묻혀 가고 있었다. 마르고의 뺨에는 분노의 눈물마저 말라 버렸다. 비가 그쳤다. 처음 내릴 때처럼 그렇게 갑자기. 할 일이 없어진 이상, 비의 역할도 끝이 난 것이다.

마르고가 대뜸 봉투를 뜯어 편지를 꺼낸 뒤, 아더에게 읽어 주었다.

존경하는 뤼롱 선생님께

1학년을 마치면서 왠지 선생님께 편지를 드리고 싶었어요. 그동안 역사-지리 시간이 얼마나 재미있었는지, 저희 6반을 대표해서 꼭 말씀드리고 싶었거든요. 선생님은 언제나 저희에게 너그럽고 공정하셨어요. 저희 반을 한심한 반이라고 생각하지 않은 분은 오로지 선생님 뿐이셨으니까요. 저희 생각도 마찬가지랍니다. 한심하지 않은 선생님은 선생님뿐이라고요. 고대 이집트, 고대 이스라엘, 메소포타미아, 로마, 그리고 이 밖에도 여러 가지 유익한 지식들을 가르쳐 주셔서 정말 감사드려요. 또 너무도 생생하고 실감나게 여러 문명에 관해서 설명해 주신 것도요. 선생님 고맙습니다. 하나부터 열까지 다 말이에요.

아닉과 마르고 올림.

아더는 가방을 얌전히 무릎 위에 놓은 채, 꼼짝 않고 들었다. 감정에 북받쳐 파르르 떨리는 마르고의 목소리를 듣자 아더는 마음이 흔들렸다. 아더는 알맹이가 사라진 텅 빈 가방 속에 빈 파일들을 도로 넣어서 마르고한테 돌려 주었다. 자기 가방도 주었다. 그러곤 일어나 운동장을 가로질러 열려 있는 철책 문으로 내달렸다. 정문을 넘어서 세상 끝을 향해 내달렸다.

마르고가 가방을 들어올리며 말했다.

"푸, 이젠 아주 가뿐해졌군."

방금 전에 겪은 참변은 아마도 좀처럼 지워지지 않을 상처로 오랫동안 마르고의 기억 속에 남을 것이다. 하지만 그 상처는 어느샌가 벌써 아름다운 한 폭의 그림으로 변해 가고 있었다. 아이들

의 머리 위로 하얀 종이들이 풀풀 날리던…… 그 머릿속에 아이들
은 저마다 작은 열정의 씨앗을 담고 있다. 더러 어떤 씨앗들은 자
라서 싹을 티울 것이다. 또 어떤 씨앗들은 결코 열매를 맺지 못할
것이다.

그렇게 해서 중학교 1학년의 마지막 나날 가운데 하루가 막을
내렸다.

옮긴이의 말

참 이상하다. 초등학교 6학년들은 모두들 의젓해 보인다. 표정마저 어른스럽다. 그런데 갓 입학한 중학생들은 커다란 교복 속에서 자맥질 치는 새끼오리들 같다. 귀엽고 안쓰럽다. 그것이 제도며 교복의 힘인지도 모르겠다. 넘치는 아이, 모자라는 아이, 튀는 아이, 빼는 아이, 숨는 아이 할 것 없이 전부 다 두부 모처럼 반듯반듯하게 잘라 놓는 교복 속에서, 다들 잔뜩 주눅이 들어 오그라든 모양이다. 그 오그라든 아이들이 아침마다, 커서 앞뒤로 휙휙 돌아가는 에이라인 스커트와 넥타이를 휘날리며 학교에 늦을까봐 허둥지둥 뛰어간다. 그런 중학교 신입생들을 볼 때마다, 난 올챙이 시절을 까맣게 잊은 개구리답게 늘 그러곤 했다. '좋은 때다.

고민이 있나, 걱정이 있나, 굴러가는 낙엽을 보고 웃을 일밖에 더 있겠어!'라고. 난 그렇게 무지했다. 비록 사이즈는 작지만, 저마다 그 조그만 머리통으로 세상 온갖 고민거리를 다 떠안고 있다는 사실을 망각한 채.

그런데 또 참 신기하다. 숙제도 시험도 없는 어른들은 자고 일어날 때마다 몸도 마음도 쪼그라들고 왜소해진다. 하지만 숙제와 시험과 성적에 대한 공포 속에서 형체도 없이 납작하게 짜부러져야 할 아이들은, 무슨 괴력들을 지녔는지 하루가 다르게 쑥쑥 큰다. 게다가 저마다 마음 속엔 열심히 물 줘 가며 꿈도 키운다. 그뿐인가. 공부밖에 없는 교실에서 종이 한 장만으로도 온갖 놀이를 다 만들어 낸다. 마르고네 반 아이들처럼 통신문을 띄워 얄미운 선생님들의 허를 치기도 하고, 의기투합하여 단합 대회를 열기도 하며, 운동장에 종이 눈송이들을 뿌려 가며 계획에도 없는 퍼포먼스를 벌이기도 하니 말이다. 그러니 아이들은 지루한 학교에서도 지루할 새가 없다. 아무래도 아이들은 마법의 돌이라도 지닌 모양이다.

그런데 학교는 왜 그렇게 지루해야만 할까? 너무도 자유를 열망한 탓인지, 마르고는 국어 시간에 들은 바람의 이름들에도 황홀해한다. 높은 산에 올라가 그 바람들을 맞이하는 꿈에 잠긴다. '구름과 파도에도 그렇게 하나하나 이름이 있을까?' '이 모든 바람의 이름들은 누가 지었을까?' 마르고는 자꾸 알고 싶어진다. 그런데 '이 이름들을 모두 암기하고 연습 문제를 풀어 왓!' 하는 그 한 마디에, 빠끔 열렸던 마르고의 문은 아쉽게도 다시 쾅 닫히고 만다. 학교가 그 문을 조금만 더 열어 주어도 덜 지루할 텐데…… 그래도 마르고는 학교가 지겨워질 때마다, 전쟁의 포화 속에서 학교를 다니지 못하는 아이들, 가난해서, 혹은 피부색이 달라서 학교를 다니지 못하는 아이들을 생각하며 반성한다. 마르고는 모르나 보다. 이 세상에는 그 지겨운 학교말고도 학교 아닌 학교를 하루에 두세 번씩 또 가야 하는 아이들도 있다는 것을.

언젠가 설악산을 오르다가 주위의 바위산들을 빼곡 채우고 있는 희한한 나무들을 본 적이 있다. 그 나무들은 마치 아주 작은 소나무 분재처럼, 한결같이 낮은 키에 뒤틀린 가지들을 하고 아슬아슬하게 바위틈에 매달려 있었다. 암벽 사이에서도 뿌리를 내려 자생하는, 우리 나라에서만 볼 수 있는 특이한 식물군이라고 한다. 풀 한 포기 날 수 없는 척박한 바위틈에서 아등바등 자라느라 그처럼 키도 크지 못하고 가지도 뒤틀린단다. 이래저래 우리 나라는 아이들도 나무들도 자라기가 참 어려운 곳인가 보다. 우리나라가 어디 보통 나라인가. 『걸리버 여행기』에 나오는 소인국, 거인국보다도 더 이상하고 신기한 '공부국'이다. 세상 모든 나라들이 나돌아 다니는 아이들을 귀가시키려고 애를 먹는 한밤중에도, '또'

공부하고 오라고 오히려 불야성의 거리로 아이들을 내모는 기이한 나라다. 공부에서 공부로 다람쥐 쳇바퀴 돌 듯 오가는 아이들을 볼 때마다, 나는 설악산에서 보았던 그 나무들의 모습이 떠오른다. 하지만 나는 믿고 싶다. 그래도 아이들은 저마다 갖고 있는 마법의 힘으로, 결코 휘지도 뒤틀리지도 않고 곧고 높게 자라리라고.

2004년 11월
이정임